Impressum

Bibliografische Information der Deutschen Nationalbibliothek: Die Deutsche National-bibliothek verzeichnet diese Publikation in der Deutschen Nationalbibliografie; detaillierte bibliografische Daten sind im Internet über dnb.dnb.de abrufbar.

© 2021 Ingrid Seemann
©Cover Ingrid Seemann: Deposit Stock photos – created by fiverr

Herstellung und Verlag: BoD – Books on Demand, Norderstedt
ISBN: 9783756258611

New York

Die Gefährtinnen
Teil 2

Erotikroman

Teil 1: Komi

Inhalt

Nach langen Entbehrungen im Urwald von Komi kehren die Gefährtinnen in die normale Welt zurück. Jonas muss sich vorerst um seine Frauen kümmern. Aber so einfach, wie er es sich vorgestellt hat, ist es nicht...

Er muss sich mit den Aufenthalts-genehmigungen der Frauen für Amerika herumschlagen und sich mit Diplomaten in Russland auseinandersetzen, weil sich drei seiner Gefährtinnen als Terroristinnen entpuppen! Dennoch muss es einen Weg aus dieser Misere geben! Er ist eng mit ihnen verbunden. Während sich die eine fröhlich in ihrer neuen Arbeit einfügt, ist die andere voller Aggression. Wie soll es weitergehen?

Konvoi

Es ist endlich soweit. Die Frauen haben es sich in dem LKW, mit dem Sebastian gekommen ist, eng zusammen gedrückt. Mit den Decken und Seilen auf der Ladefläche und mit ihren eigenen Habseligkeiten, ist dieses ungemütliche Rumpeln erträglicher. Ängstlich und mit gemischten Gefühlen sehen sie einer ungewissen Zukunft entgegen. Jonas sitzt mit Sebastian im Führerhaus. Einzig ein Fahrer ist mitgekommen.

„Wie willst du sie zivilisieren? Du kannst sie nicht einfach irgendwo aussetzen und sich selbst überlassen! Sie sind hilflos wie Babys!" Die Zweifel sind Sebastian ins Gesicht geschrieben. „Darüber habe ich mir noch keine Gedanken gemacht. Fliegen wir einfach mal nach Amerika! Ich bin froh, wenn ich wieder daheim bin!" Sebastian klopft ihm auf die Schulter. „Ich bin froh, dich wieder zu haben, Kumpel!" Sie sitzen schweigsam nebeneinander. Jonas weint dem Urwald keine Träne nach. Er sieht nach hinten, um sich zu vergewissern, dass es seinen

Mädels gut geht. Sie scheinen zu schlafen. Gut. Dann formt sich eine Idee in seinem Kopf. Er könnte seine Gefährtinnen zu sich in sein Haus einladen, bis sie sich in der für sie ungewohnten Umgebung eingelebt haben. „Hör mal, Sebastian! Ich habe eine Idee! Die Mädels könnten vorerst bei mir im Haus unterkommen. Da können sie sich akklimatisieren und dann in eine eigene Wohnung umziehen. Da hätte ich auch so eine Vorstellung. Was ist mit dem Haus, das wir vor einigen Jahren ersteigert haben? Es ist ein Haus mit einigen Wohneinheiten, nicht wahr?" Sebastian sieht Jonas skeptisch an. „Es muss renoviert werden! Mensch, das ist ja nicht einmal gut genug für einen Obdachlosen!" „Dann machen wir das! Die Mädels können später dort einziehen und bezahlen Miete… ist ja nur fair, oder?" „Ich weiß nicht… Es würde eine Menge Kohle kosten!" „…die wir auch haben, oder nicht?" „… und wie sollen die Weiber die Miete zahlen? Sie haben ja nicht einmal einen Job!" Jonas grinst. „Sagtest du nicht, dass einiges an Personal fehlt?" Sebastian beugt sich zu Jonas und flüstert lautstark. „Jonas! Wir wissen nicht, was die alles können! Wir brauchen Fachpersonal! Mensch, noch einmal!" „Kein Problem! Wir finden schon etwas für alle!" Sebastian verdreht die Augen. Er ist skeptisch.

Der LKW kommt vor einem kleinen Flughafen zum Stehen. „Ich suche den Piloten!", meint Sebastian. „Wo sind wir?" Aksinja guckt von hinten nach vorne in die Fahrerkabine. „Am Flughafen! Wir werden jetzt umsteigen. Dann geht es nach Hause! Gib deinen Mädels Bescheid. Aksinja verschwindet wieder. Jonas fährt sich mit beiden Händen über sein Gesicht. Was wird noch kommen? Werden sie ohne Probleme nach Hause kommen? Hoffentlich... Aksinja kommt wieder nach vorne. „Die Mädels sind bereit. Aber sie haben etwas Angst. Sie wissen nicht, was ihnen in Amerika erwartet!" Jonas versucht sie zu beruhigen. „Keine Angst! Ich nehme euch alle mit zu mir. Ich habe ein großes Haus, wo ihr euch erst einmal von den Strapazen erholen könnt." „Kannst du das selbst den Mädchen sagen? Es würde sie wirklich beruhigen." Er nickt und folgt ihr nach hinten auf die Ladefläche.

„Jonas! Ich bin so froh, dass ich dich wieder sehe!" „Ich habe Angst, Jonas!" „Was passiert jetzt mit uns?" Jonas merkt schon, dass es nicht so einfach sein wird, die Frauen zu besänftigen. Sie sehen einer ungewissen Zukunft entgegen. Jahrelang sind sie in dem Urwald gewesen, nur auf sich selbst gestellt. Viele Entbehrungen haben sie zu einem einsamen Leben verdammt. Da ist es nicht verwunderlich, dass sie ängstlich sind. „Mädels, ich habe beschlossen, dass ihr erst einmal in mein Haus kommt. Da werdet ihr so lange bleiben, bis ihr euch an das normale Leben draußen gewöhnt habt. Ihr könnt in meiner Firma arbeiten, oder ihr könnt einfach entspannen, so lange es notwendig sein wird. Keine Angst. Ich passe auf euch auf!" Cara springt auf und krabbelt auf ihn zu. „Wirklich?" Er lacht und umarmt sie. Sie ist ein sehr anschmiegsames Mädchen. Das hat er sehr bald erkannt. Oft sucht sie nach Nähe, die er ihr immer wieder gerne gewährt hat. Dann fragt er die anderen über den Kopf Caras hinweg. „Was wünscht ihr euch, wenn ihr da seid? Sagt es mir?" Zuerst sind sie still. Sie scheinen nicht so recht zu wissen, was ihnen in den

Jahren so entgangen ist. „Heißes Wasser!" „Oh jaaa… das wäre schön!" „Richtige Klamotten!" „Schuhe!" „Ein Kamm?" Jonas ist geschockt. Das sind Sachen, auf die ein Mädchen niemals verzichten sollen müsste! Einfache Dinge… Er freut sich schon, wenn er ihnen diese einfachen Wünsche erfüllen darf und noch Vieles mehr. Er will sie richtig verwöhnen. Er räuspert sich. Sein Hals ist etwas belegt. Die seligen Augen vor ihm, lassen ihn schlucken. „Glaubt mir, ihr werdet alles bekommen, was ihr wollt!" Dann wendet er sich ab. Er hat auch grundlegende Wünsche. Nur weiß er, dass er sie sicher bekommt.

„Das Flugzeug ist startklar, Sir!" Wer jetzt mit ‚Sir' gemeint ist, ist Jonas nicht so richtig klar. Er weiß, dass er selbst dem Piloten wie ein Neandertaler vorkommen muss, zudem er ihn nicht einmal kennt. Dennoch beantwortet er mit einem „Geht klar!" „Dann mal los!", ist Sebastians Kommentar. Gemeinsam helfen sie den Frauen, die ihre spärlichen Gepäckstücke fest in den Händen halten, von dem Lastwagen hinunter. Der Pilot weist ihnen den Weg. Die Frauen warten aber, bis sie alle auf dem Asphalt der

Landebahn stehen und laufen dann erst hinterher. Jonas hat Jannika an der Hand und Sebastian hält Florences Hand fest. „Kommt, ihr müsst hier die Treppe hoch!" Aksinja geht voraus. Mit gemischten Gefühlen betritt sie den Bauch des Privatflugzeuges und wartet ab, bis alle hier sind. Jonas steht neben ihr. „Sucht euch einen Platz und schnallt euch an! Es geht gleich los!" Wie auf Kommando startet das Grollen der Motoren. Ein Mann schließt die Kabinentüren und eilt wieder nach vorne. Das Flugzeug bewegt sich. Die Vibration macht die Frauen unsicher. Wie wird das Leben da draußen werden? Sie sind jetzt auf Jonas angewiesen. Er hat ihnen versichert, dass sie bei ihm bleiben dürfen.

Der kleine Jet fährt auf seinen zwei Rädern in Startposition. Dann hält er kurz inne. Die Motoren heulen auf. Der Lärm ist ohrenbetäubend. Die Maschine rollt langsam an und wird immer schneller. Die Frauen werden in ihre Sitze gedrückt. Cara schreit leise auf. Sie hat mächtig Angst und greift hektisch nach Eiras Hand. Die Nase des Flugzeugs hebt an und sie steigen immer höher. Der Boden entfernt sich rasend schnell. Bald haben sie die nötige Flughöhe erreicht und das Flugzeug stabilisiert sich. Die Frauen atmen erleichtert auf. Eine hübsche Frau in einer Uniform kommt in die große Kabine herein. Sie trägt ein Tablett mit einigen Bechern mit Saft von verschiedenen Farben. „Was ist das?", fragt Jannika misstrauisch. „Wenn sie wollen, können sie zwischen Himbeere, Ananas und Traubensaft wählen." Jannika nimmt Traubensaft. Es schmeckt ihr und versucht noch einen von dem Tablett zu stibitzen. Die Stewardess reicht ihr lächelnd einen zweiten Becher. Aksinja ist froh, dass sie sich momentan nicht um ihre Gefährtinnen sorgen muss. Jonas hat sich um alles gekümmert. Sie lächelt ihm zu. Sie ist ihm sehr dankbar dafür. Die Verantwortung um ihre Gefährtinnen ist groß gewesen. Was wird die Zukunft bringen? „Wollen die Damen vielleicht ein Glas Champagner?", bietet die Stewardess an. „Äh...?" „Natürlich werden wir Champagner trinken, nicht wahr meine Gefährtinnen? Lasst uns auf ein neues Leben anstoßen!", freut sich Jonas. Er will sie alle etwas lockerer sehen. „... und bringen sie uns bitte etwas zu essen. Wir sind alle hungrig!", fügt er hinzu. Florence nickt zustimmend. „Ja, bitte! Ich habe großen Hunger!" Sebastian ist von der kleinen Französin angetan. Er freut sich schon darauf, wenn er sie frisch gewaschen sieht. Er ahnt, dass sich da ein Juwel darunter verbirgt.

Es dauert ewig lange, bis sie endlich am Zielflughafen ankommen. Wieder wartet ein größeres Fahrzeug auf sie. Aber es ist viel komfortabler als der Lastwagen! Die Frauen kommen aus dem Staunen nicht heraus. Sie sind diesen Luxus nicht gewöhnt. Warme Ledersitze lassen sie wohlig aufseufzen und getönte Scheiben schützen sie vor der Außenwelt. Sie fangen an, ihre Scheu zu überwinden. Überhaupt haben die Flasche Champagner ihre Zungen gelöst. Sie lachen und plaudern durcheinander. Immer wieder zeigen sie aus dem Fenster und staunen über besondere Gebäude, oder Menschen, die ungewöhnlich aussehen. Alles ist anders! Alles ist bunt! Alles ist außergewöhnlich! Sie lehnen sich erschöpft zurück. Es ist zu viel. Bald verstummen sie und schlafen schließlich ein. Auch Jonas ist müde. Die erste Reaktion seiner Gefährtinnen hat ihn höchst amüsiert. Aber er muss sich selbst eingestehen, dass er auch wunderlich geworden ist. Die lange Abwesenheit seinerseits hat ihn anscheinend auch etwas entwöhnt. Er wird die ersten Tage genießen, als wären es die ersten, die er in einer neuen Welt verbringt und schläft auch ein.

Sebastian, der vorne beim Chauffeur sitzt, weist diesen an, wohin er fahren muss. Der Chauffeur ist neu. Sebastian hat das gesamte Personal des Fuhrparks gekündigt. Sie alle waren nicht mehr vertrauenswürdig, nachdem sie immer wieder gegen den CEO geklatscht haben. Sie haben nicht mehr an ihren Boss geglaubt. Jetzt hat er gerade einmal einen Chauffeur gefunden, der sich bereit erklärt hat, für ihn zu arbeiten. Der junge Mann wird total überfordert werden, wenn er Jonas und Sebastian gleichzeitig gerecht werden soll. Er seufzt. Sie brauchen wirklich dringend mehr Personal!

Ankunft

Endlich! Sie erreichen das große Anwesen von Jonas. „Jonas! Hey… aufwachen! Wir sind da!" Jonas öffnet missmutig die Augen. Er hat geträumt… von einem Mädchen. Aksinja… sie ist gerade nackt aus dem Wasser gestiegen… Mmh…?" Ach ja. Sein Haus… mein Haus! Jonas' Blick schweift über die hohen Mauern. Lange Zeit ist er nicht mehr hier gewesen. Irgendwie scheint es ihm fremd geworden zu sein. Sebastians Stoß in seine Rippen bringt ihn zurück in die Gegenwart. Sein Blick fokussiert sich. „Mädels, wir sind da!" Das Fahrzeug bleibt vor dem Tor stehen. Ein älterer Mann kommt heraus. „Antonie!" Jonas steigt erfreut aus und eilt dem Mann entgegen. „Ich freue mich ja so…!" Jonas umarmt enthusiastisch den Mann. „Mein Herr!" Antonie wischt sich unauffällig eine Träne von den Augen. Dann schnäuzt er sich gewaltig in sein Taschentuch. Jonas lacht. „Sag Jonas zu mir!", fordert er lachend Antoine auf und klopft ihm nachsichtig auf die Schulter. Antonie lässt sich seinen

Schock nicht anmerken. Starr vor Schreck nimmt er die Verwahrlosung seines Herrn wahr! Wo war er nur? Er hat sich große Sorgen um ihn gemacht. Er hatte schon den Medien geglaubt, dass er tot sein könnte! Er war spurlos verschwunden. Natürlich hat er von dem Verdacht des Mordes gehört, aber kein Wort davon geglaubt. Sein Herr ist ein ehrlicher, rechtschaffener Mann, der hart arbeitet. Nun freut sich Antonie so sehr, dass er wieder da ist. Er wird ihn wieder aufrichten, jawohl!

Jonas dreht sich um. „Aksinja, Olga, … kommt alle her!" Zögerlich steigen die Frauen nacheinander aus. Sie kommen zu Jonas und bleiben, total verunsichert, hinter ihm stehen. „Darf ich vorstellen? Das sind Aksinja, Olga, Irina, Eira, Jannika, Cara und Florence! Mädels das ist Antonie!" Antoine nickt ihnen ernst zu. Die Mädchen stehen geschockt da. Das imposante Haus und der würdige, vornehme alte Herr machen ihnen Angst. Die Frauen sehen aus wie Jonas. Verwahrlost, verdreckt und angsterfüllt! Mein Gott! Was müssen diese Geschöpfe alles durchgemacht haben, denkt sich der alte Mann. Er vergisst seine altehrwürdige Stellung als Butler und nimmt das seiner Meinung jüngst aussehende Mädchen an der Hand und zieht es mit sich in das Haus. Den anderen winkt er und ruft ihnen zu. „Meine Damen, ich bitte Sie, mir zu folgen!" Cara, die an Antonies Hand in das Haus geleitet wird, hat ihn sofort in ihr Herz geschlossen. Vertrauensvoll lässt sie ihn gewähren. Er führt sie in eine große Eingangshalle und bleibt mit ihr stehen. „Wohin darf ich die Damen erstmals bringen?" Jonas reibt sich den Nacken. Er braucht dringend ein Bad. „Ich denke, dass wir alle ein Bad brauchen, Antonie! Bring uns in die Wohlfühloase des Hauses und veranlassen Sie, dass für die Frauen Zimmer bereitstehen!" „Jawohl, Herr Jonas!" Antonie beugt sich leicht vor und zieht Cara resolut mit sich. Die anderen folgen ihnen und sie betreten eine riesige Halle mit einem riesigen Wasserbecken, was die Frauen als erstes zu sehen bekommen. „Wow!", Irina ist beeindruckt. Die Frauen rücken zusammen. Sehnsüchtig blicken sie auf das Becken, das wie durch ein Wunder zu sprudeln anfängt.

Jonas lächelt. „Auf was wartet ihr noch?"
Er reißt die dreckigen Lumpen von
seinem Körper und springt rennend und
grölend in das verlockende Nass. Tief
taucht er unter und schwimmt mit langen
Zügen auf die andere Seite weitab von
den anderen und taucht wieder auf. Irina
und Olga tun es ihm gleich. Sofort laufen
sie schreiend und ebenso nackt in das
temperierte Wasser und springen
übermütig darin umher. „Mädels! Kommt
herein! Es ist warm und doch
erfrischend!" Florence, die schon
sehnsüchtig danach geschielt hat, ist als
nächste dran. Leise lächelnd steigt sie
genussvoll die Treppe hinein. Immer
wieder taucht sie die Arme ein und
überspült ihren müden Körper. „Ist das
gut!", seufzt sie. Nicht lange und der Rest
der Frauen sind nackt und voller Freude
lachend, im Wasser. Antonie ist zuerst
etwas pikiert. Nackt, laut lärmend, und
ohne Scheu sind sie seinem Herrn
hinterher. Aber was soll's? Er freut sich
sehr über die ungekünstelte Freude der
Menschen und geht in den hinteren Teil
der Halle. Dort warten schon, die im
Vorfeld von Sebastian bestellten
Bademäntel und legt sie nun auf jede

einzelne Liege, die vor dem Wasserbecken stehen, drauf.

Aksinja taucht mehrmals unter. Ihr langes blondes Haar breitet sich immer wieder auf der Wasseroberfläche auf. Auch die anderen lassen es sich auf die eine oder andere Weise gutgehen. „Das ist alles deins?", fragt Jannika den Mann, der sie alle in diese Wunderoase geführt hat. Jonas nickt. „Dort hinten gibt es eine Sauna! Seid ihr bereit?" Bereitwillig lassen sie sich auf das nächste Abenteuer ein. Eine Sauna? Sie folgen Jonas und betreten die vorgeheizte Kammer. Er reicht ihnen allen ein Handtuch, auf das sie sich setzen können und schließt schließlich die Tür hinter ihnen. Er platziert sich ganz nach oben und beobachtet genauestens die Frauen. Er will auf keinen Fall, dass sich jemand unwohl fühlt.

„Wie geht es euch?" „Gut!" Olga rekelt sich. Sie und Irina scheinen die Situation hinzunehmen, wie sie ist und sie auch in vollen Zügen zu genießen. Die anderen nicken noch etwas verhalten. „Ich bin müde!" Cara spricht den meisten aus dem Herzen. „Ja…" Jonas versteht es. Bevor er den geplanten Aufguss machen will, meint er zu ihnen: „Draußen gibt es für jeden von euch einen Bademantel! Zieht euch einen über und legt euch auf die Liegen! Da könnt ihr euch entspannen. Schlaft ruhig. Hier passiert euch nichts! Vertraut mir!" Jannika, Aksinja folgen Cara und nehmen das Angebot von Jonas gerne an. Dann macht Jonas einen Aufguss. Die übrigen Frauen stöhnen wohlig auf. Die verstärkte Hitze dringt ihnen in die tiefsten Poren. Schweiß reinigt ihren Körper. Sie fühlen sich gestärkt. Nach einer Abkühlung in einem separaten kleinen Becken, gesellen sie sich zu den drei Frauen auf den Liegen, die schon längst eingeschlafen sind. Jonas betrachtet die Frauen, die entspannt in den Liegen eingedöst sind. Er muss sich wirklich um sie kümmern. Noch sind sie schutzbedürftig. Fürsorglich deckt er jede einzelne mit flauschigen Decken zu. Dann geht er auf die Suche nach seinem Butler.

„Wir werden Hunger und Durst haben! Kannst du dafür sorgen?" „Sehr wohl, Herr Jonas! Ich gebe in der Küche Bescheid! Vielleicht brauchen die Damen Kleidung, einen Friseur und eine

Massage? Die Zimmer werden in einer Stunde fertig sein. Ich habe mir erlaubt, Zweibettzimmer und ein Dreibettzimmer bereitzustellen." „Danke Antoine! Die Frauen werden es zu schätzen wissen! Für die Dienstleistungen ist es vielleicht heute zu früh. Morgen wäre es besser, wenn sie sich ausgeruht und etwas eingewöhnt haben!" Antoine entfernt sich ehrerbietig und Jonas kehrt wieder zu den Gefährtinnen zurück. „Wo warst du?" Aksinja ist besorgt. Sie fühlt sich unzulänglich. Hier kann sie keine Entscheidungen treffen. Sie ist auf Jonas angewiesen. „Du bist schon wach?" „Ich konnte sowieso nicht schlafen!" „Antoine bringt nachher etwas zu essen und eure Zimmer werden bald fertig sein!" Aksinja nickt. Sie weiß nicht, wie sie mit dieser Großzügigkeit umgehen soll. Bisher war sie es, die ihre Gefährtinnen versorgt und sie angeleitet hat.

„Wie geht es weiter?", fragt sie. Jonas nimmt sie zur Seite. Sie nehmen auf einer Bank etwas abseits Platz. „Antoine besorgt euch passende Kleidung. Er wird für morgen einen Frisör und Masseure hierher bestellen. Dann könnt ihr euch frei bewegen. Mein Anwesen hier ist sehr weitläufig. Ihr könnt euch hier bewegen wie es euch gefällt. Wenn ihr euch stark genug fühlt, dann könnt ihr auch in die Stadt. Vielleich will die eine, oder andere auch schon arbeiten? Das wird die Zeit bringen. Ich dachte an keinen bestimmten Zeitplan. Es kommt, wie es kommt. Ihr bestimmt, wie schnell es geht." Aksinja nickt. „… und wir können so lange hier bleiben, wie es uns gefällt?" Jonas nickt. „Aber sicher! So lange ihr es braucht!" „Danke!" Sie bedankt sich mit einem scheuen Küsschen auf seine Wange. Jonas, wäre nicht er, wenn er nicht blitzschnell seinen Kopf wendet und ihre Lippen mit seinen einfangen würde. Mit einem überraschen kleinen Schrei zuckt sie kurz zurück und sieht ihn ernst an. Dann erst legt sie die Arme um seinen Nacken und küsst ihn mit all ihren unterdrückten Gefühlen. Der Kuss dauert an. Die Intensivität wird stärker. Zungen begegnen sich. Ihre Körper drücken sich gegeneinander. Seine Hände krallen sich schon fast schmerzhaft in ihre Pobacken und ziehen die Frau auf seinen Schoß. Seufzend ruckelt sie sich zurecht und regt ihn so noch mehr auf.

„Was macht ihr da?!" Florence steht da und reibt sich mit dem Handrücken über ihre Augen. Gähnend übergibt sie sich ihren Empfindungen und sieht schließlich die beiden vor ihr neugierig an. Wie ein kleines Kind verlangt sie die Aufmerksamkeit Aksinjas und Jonas'. „Florence! Was machst du da?", japst Aksinja und versucht sich von Jonas zu lösen. Aber er denkt nicht daran und hält sie, mit einem Arm um ihre Taille geschlungen, fest. „Ich bin aufgewacht. Ich habe Hunger!" „Antoine bringt gleich was! Läute kurz einmal!" Jonas zeigt ihr die Klingelschnur in der Ecke und Florence tätigt sie. Antoine lässt sie nicht lange warten und lässt einige Hausmädchen mit Servierwägen vorangehen.

Verschiedenste Düfte lässt sie das Wasser im Munde zusammen fließen. Freudig sieht Florence dem Konvoi von metallenen Servierwägen entgegen und kommt ihnen neugierig nahe, als sie endlich der Reihe nach aufgestellt werden. „Meine Damen, das Buffet ist eröffnet!" Antoine ganz der Butler, nimmt einen Teller zur Hand und sieht fragend zu Florence. „Was darf ich ihnen servieren, meine Liebe?" Florence sieht unschlüssig aus. Sie ist an nacktes ungewürztes Fleisch auf einem Spieß über dem Feuer und Blätter und Beeren aus dem Wald gewöhnt. Aber diese Vielfalt an Speisen kennt sie nicht mehr. „Hast du Fleisch?" „Natürlich! Hier ist Huhn, Pute, Rind und Lamm! Soße? Gemüse? Reis? Salat? Was möchten Sie gerne?" Er sieht sie abwartend und wohlwollend lächelnd an. Sie ist wie ein kleines Mädchen, das vor einer schier unlösbaren Aufgabe steht. „Huhn! Das Gemüse sieht gut aus! Ja… Danke!" „Gerne können Sie später noch etwas anderes probieren!" Antoine gibt von dem Gewünschten kleine Portionen. Florence nimmt den Teller und geht zu dem soeben gedeckten Tisch hin und fängt an zu essen. Es schmeckt wirklich gut! Lecker!

Bald springt sie wieder auf und stellt sich hinter Cara an. „Das Huhn ist gut!" Cara nickt. Antoine strahlt über das ganze Gesicht, als die noch hungrige Florence wieder vor ihm steht. „Was darf es jetzt sein, meine Liebe?" Florence kichert. „Ich heiße Florence!" „Florence… ein hübscher Name für eine hübsche Frau!", schmeichelt er. Dann bedient er sie wieder nach ihrem Wunsch. Er lächelt. Amüsiert sieht er ihnen beim Essen zu. Hin und wieder bedient sich eine von ihnen selbst am wohlriechenden und wohlschmeckenden Buffet. Die Mädels sind jetzt allesamt zufrieden und reiben sich den Bauch. „Das war sehr gut, Antoine!" Aksinja ist extra zu dem alten Mann gegangen und umarmt ihn herzlich. Die nächste Zeit wird nicht langweilig. Erfreut kommt er zu der Erkenntnis, dass die Damen wirklich allesamt nett und bescheiden sind. Er freut sich auf die Zeit mit ihnen. „Wir haben für morgen noch eine Überraschung für euch geplant!" Jonas sieht in die neugierigen Gesichter. „Antoine und ich glauben, dass euch eine Massage und eine neue Frisur gefallen würde? Was meint ihr dazu?" Die Mädels starren ihn an. „Ein Masseur? Das könnte mir gefallen!", meint Irina anzüglich. Jonas lacht. Er wird dafür sorgen, dass auch ein männlicher Masseur ins Haus kommen wird und nickt lachend. „Ich könnte mir die Haare abschneiden lassen, was meint ihr?" plant Eira ihre Frisur. „Ja, vielleicht. Ein neuer Haarschnitt wird uns guttun. Ein neuer Schnitt für ein neues

Leben!" „Ja… du hast recht, Cara!" Sie
lachen und planen weiter. Jonas und
Antoine sehen sich zufrieden an. Sie
haben voll ins Schwarze getroffen!

Nach einem langen Aufenthalt, bis in die
späte Stunde hinein, sind sie endlich
soweit, dass sie ihre Zimmer aufsuchen
wollen. Sie sind froh, dass sie nicht ganz
alleine übernachten müssen. Dennoch
fallen sie todmüde in die Betten und
schlafen augenblicklich erschöpft ein.

Identität

Die Tage des Nichtstun zerrt an den Nerven der Frauen. Sie werden immer unruhiger. Jeden Tag haben sie die weite Gegend rund um das prächtige Haus von Jonas abgegrast. Aber jetzt wird es langweilig. „Antoine, kann ich dir etwas Arbeit abnehmen?" „Meine liebe Cara! Ich wüsste nicht, was ich dir auftragen könnte! Was möchtest du gerne tun?" „Ich kann kochen! Das liebe ich!", und sie hofft, dass sie in die Küche schauen darf. Er lächelt. Dabei kann er ihr behilflich sein. Anne, die Köchin des Hauses, wird sicher etwas für Cara zu tun haben, ist er sich sicher „Komm mit Cara!", und geht ihr voraus. Mittlerweile kennt er die Damen auch bei ihrem Namen und die Verständigung, aufgrund unterschiedlicher Sprachen, ist sehr gut. „Hallo Anne! Cara will dir gerne helfen! Das geht doch, oder nicht?" Anne sieht Cara kritisch an. „Ich brauche was zu tun, liebe Anne! Sonst drehe ich noch durch!", schmeichelt Cara der dicken Köchin. „Hast du schon gekocht?" „In unserem Dorf habe ich immer das Fleisch auf dem

Spieß über dem Feuer gebraten!" Anne lacht. „Hier braten wir in der Pfanne! Aber ich bringe dir gerne die Zubereitung der Speisen bei! Hilfe ist immer willkommen!", breit lächelnd gibt sie der jungen Frau die Hand. Aber Cara ist so glücklich, dass sie Anne um den Hals fällt. „Danke! Danke!" Antoine geht mit einem zufriedenen Lächeln hinaus.

„Wer bist du, Arschloch!" Was ist das für ein Lärm da draußen, denkt sich Antoine erschrocken. Mit eiligen Schritten lenkt er zur Haustür, die einen Spalt offen steht. Mit Entsetzen blickt er auf Olga, die einen jungen Mann niedergerungen hat und ihm ein Messer an den Hals hält. Antoine ist bestürzt. „Fräulein Olga! Was tun Sie da! Lassen Sie den jungen Herrn sofort los!" Sie sieht hoch. Ihr Gesicht ist konzentriert, aber doch gelassen. „Der junge Kerl, wollte sich hier in das Haus einschleichen!" „Lassen Sie ihn endlich los! Dann kann ich ihn fragen, was er hier will! Herrgott noch einmal!" Antoine ist sichtlich verärgert. Dieses Verhalten ist nicht angebracht! Nein! Auf keinen Fall! Olga entfernt langsam das gefährlich aussehende Messer, das sie früher immer zur Jagd mitgenommen hatte. Hustend und röchelnd sackt der Mann auf den Boden. Vorsichtig hält er sich den Hals und bemerkt entsetzt, dass sich rote Farbe auf seinen Fingern ausbreitet. Er ist verletzt! Ängstlich sieht er hoch. Antoine beugt sich zu dem verunsicherten jungen Mann hinunter und ergreift ihn am Arm, um ihn aufzuhelfen. „Kommen Sie schon!" Zu Olga gewandt, fordert er: „Helfen Sie mir schon! Sie sehen doch, dass er geschwächt ist, Olga!" Unwirsch schnappt sie den anderen Arm und hievt ihn ohne Umschweife mit einem Ruck in die Höhe. Der junge Mann hebt abwehrend einen Arm. Vorsicht ist besser. Diese Furie bringt ihn doch noch um! „Wer sind Sie junger Mann? Brauchen Sie ein Glas Wasser? Olga, bitte…!" Nachdem der Geschädigte noch hustet, sieht Antoine sie inständig nach dem Gewünschten an. Murrend folgt sie seiner Bitte. „Also, wer sind sie und was führt Sie zu uns?" „Ich bin Journalist. Mein Name ist Herbert Schiele. Ich dachte, dass ich ein Interview mit einer der Bewohnerinnen bekommen würde!" Herbert steht mit einer Leidensmiene vor ihm. Antoine nimmt tief Luft. Mit den Medien hat er schon gerechnet. Aber, dass es bekannt ist, dass sein Herr einige Damen hier untergebracht hat, ist dennoch überraschend. Herbert sieht an Antoine vorbei. Olga kommt in Begleitung von Irina und Florence.

„Wen haben wir denn da?", fragt Irina anzüglich. Sie greift mit ihrem Zeigefinger nach seinem Rundhalsausschnitt und fährt neckisch daran entlang. „Irina, bitte zügeln Sie sich! Der Mann ist Journalist!", rügt Antoine. „Herr Schiele, ich denke, dass Sie das Wasser trinken und sich dann unverzüglich verabschieden werden!", sagt Antoine streng. „Aber Antoine! Wir haben nichts gegen Herrn Schiele, nicht wahr Mädels?" Irina dreht sich zu Olga und leckt sich über die Lippen. Olga und Irina tauschen wissende Blicke. Sie wüssten, was sie mit diesem Kerl anfangen würden. Florence hingegen hält sich schüchtern zurück. Antoine hat genug. Diese Weiber sind ungebührlich! Er schiebt den Journalisten resolut aus dem Haus. „Wenn Sie ein Interview wollen, wenden Sie sich bitte an William J. Enterprises! Auf Wiedersehen!" …und schlägt die Tür zu. Böse dreht er sich um und sieht Irina und Olga strafend an.

Diese lachen nur übermütig und gehen. „Was wollte der hübsche junge Mann?", fragt Florence. Antoine hat an Florence einen Narren gefressen und lächelt sie an. „Er wollte mit euch Frauen ein Interview führen.", sagt er freundlich. „Ja, warum darf er es nicht?" „Oh Florence!" Er schüttelt nachsichtig den Kopf. „…, weil er dann Sachen in die Zeitung schreibt, die vielleicht nicht gut für euch sind! Ich muss das erst mit Herrn Jonas absprechen!" Florence nickt. So ganz versteht sie das aber nicht. Der hübsche Mann wäre sicher eine nette Abwechslung in ihrem ruhigen Alltag gewesen, bedauert sie.

„Verflixt! Auch das noch!" Jonas ist gerade von seinem Butler von den Geschehnissen des Tages unterrichtet worden. Jonas hat die Medien ganz vergessen! Die Arbeit und die Frauen haben seine Umgebung völlig ausgeklinkt. Er muss sich eine Strategie ausdenken. Sebastian muss her. Er kann mit den Journalisten am besten umgehen. Er ruft ihn sofort an. „Ich brauche dich sofort hier in meinem Haus. Wir haben einen Notfall!" „Meine Güte Jonas! Es ist schon spät!" „Jetzt!" „Ich komme ja

schon! Krieg ich noch etwas zu essen?"
„Klar! Nimm Carlos mit!" Er legt ohne
weitere Worte einfach auf. Die beiden
Herren werden von Antoine ernst
begrüßt. „Antoine, was ist los? Ist ein
Krieg ausgebrochen, oder was ist so
dringend?" „Bitte kommen Sie herein
meine Herren. Herr Jonas erwartet Sie
bereits. Darf ich ihre Mäntel abnehmen?"
Mit den Kleidungsstücken am Arm,
geleitet der Butler Sebastian und Carlos
in das Speisezimmer. Die Bewohner des
Hauses sind vollzählig und warten schon
auf die Gäste. Antoine gibt dem
Hausmädchen ein unauffälliges Zeichen
zum Anrichten der Suppe.

„Also, was ist so dringend, was nicht
aufgeschoben werden kann?" Sebastian
schielt zu Florence. Seit er sie das letzte
Mal gesehen hat, ist sie noch schöner
geworden! Er kann den Blick nicht von
ihr lösen. Florence errötet sanft und senkt
den Blick. Ihr gefällt Sebastian auch! Er
ist ein schöner Mann! Vielleicht ergibt
sich ein Gespräch? Sie will unbedingt
wissen, wer er ist. Sie hebt den Blick und
versinkt abermals in den blauen Tiefen
seiner Iris. Seine Lachfältchen rund um
seine Augen sind allerliebst. Am liebsten

würde sie aufstehen und sich zu ihm gesellen! Er ist ihr zu weit weg! Bedauernd über die unselige Situation des Wartens, senkt sie ihren Blick auf den Teller. „Sebastian! Hörst du mir überhaupt zu?" Jonas klingt verärgert. „Äh…" Sebastian löst sich ungern von dem wunderschönen Mädchen und sieht Jonas ärgerlich an. „Was!?", blafft er, als sein Freund nicht sofort seine Frage wiederholt. Bedeutungsvoll sieht Jonas die beiden an. Sebastian hat ein Auge auf Florence geworfen? Er muss aufpassen. Sebastian ist ein notorischer Weiberheld! Dafür ist seine Florence zu schade!

Dann besinnt er sich, warum sein Freund hier ist. „Die Paparazzi waren heute vor meinem Haus! Wir müssen ein Statement abgeben! Du weißt ja, dass sonst wilde Spekulationen in den Umlauf geraten!" „Gestern war ein Bericht über dich! So in etwa… Der CEO von William J. Enterprises ist wieder da!" „Wieso weiß ich nichts davon?" Jonas blickt zu Carlos. Er hebt die Schultern. „Vielleicht solltest du Zeitung lesen? War auf der ersten Seite… ganz groß! Ich habe den Artikel noch in meinem Büro liegen!" Carlos mischt sich in das Gerangel ein.

„Welches Statement sollen wir bezüglich die Damen abgeben? Wissen wir wer sie sind?" Jonas blickt Carlos entsetzt an. Er hat recht! Er weiß es ja auch nicht. Er versinkt in Schweigen. Eine nach der anderen, der anwesenden Damen, bekommt seinen intensiven blauen Blick zu spüren. „Wer seid ihr eigentlich? Carlos kläre das und verschaffe ihnen eine Aufenthaltsgenehmigung hier!" „Mache ich!", bestätigt Carlos. Sie essen ruhig weiter. Jeder, der Anwesenden, ist mit seinen eigenen Gedanken versponnen.

Dass die Gedanken komplett unterschiedlich sind, kann man sich vorstellen. Aksinja, Irina und Olga sind verunsichert. Sie haben eine kriminelle Vergangenheit, wegen der sie in den Urwald geflüchtet sind und dort viele Jahre gefristet haben. Wird dieser Anwalt es schaffen, dass sie hier bleiben können? Florences Gedanken kreisen um den Mann, der ihr gegenübersitzt. Florences braune Augen kreuzen sich immer wieder mit den grünen von Sebastian. Ihr verhaltenes Lächeln entzückt ihn auf eine Weise, die ihm das Herz weit öffnet. Cara und Jannika hingegen möchten hier ein neues Leben beginnen. Sie wollen nicht mehr in das Triste zurück. Hier ist es schön und sie haben viele Möglichkeiten... und sie haben Jonas. Alleine seine Gegenwart stimmt sie friedlich. Eira ist es egal. Aber sie möchte gerne bei ihren Gefährtinnen bleiben. Aber sie will Medizinerin werden, was immer sie dafür tun muss, sie wird es tun.

Das gebrauchte Geschirr wird abserviert. Antoine serviert noch einen Aperitif, der gerne von den weiblichen Gästen angenommen wird. Carlos richtet sich auf und nimmt einen Scotch entgegen. „Wenn ich einen legalen Aufenthalt bewirken soll, muss ich mich mit den Damen einzeln unterhalten. Ist dies heute noch möglich?" Jonas sieht nach den Frauen, die mehr oder weniger blass erscheinen. Sie haben anscheinend etwas zu verbergen! Jonas nickt. „Tu was du tun musst!" Carlos neigt leicht den Kopf und fragt in die Runde. „Wer beginnt?" Er verlässt mit Jannika zuerst den Raum und geleitet sie in das hausinterne Büro von Jonas. Er bereitet sich ein Blatt Papier vor und sieht auf. „Sie heißen?" „Jannika!" „Jannika... wie noch?" „Jannika Andersson!" Er schreibt es sich auf. Nach weiteren Fragen, ist er sich sicher, dass es bei Jannika kein Problem werden wird, eine Aufenthaltsgenehmigung zu bekommen und später einen amerikanischen Pass zu erhalten. Bei Cara, Florence und Eira verhält es sich ähnlich. Dann kommen Aksinja, Olga und Irina gemeinsam in das Büro. Er sieht sie ernst an.

„Bei uns wird es Probleme geben! Unsere Vergangenheit ist etwas ernster, aber wir haben nichts zu verbergen! Er nickt und fängt erst einmal mit den Namen und Herkunft an. Dann fragt er sie, warum sie meinen, dass es schwieriger für sie werden wird. Aksinja erzählt die ganze Geschichte, die es in sich hat. Sie werden von der russischen KGB gesucht! Sie sind Terroristinnen! „Also… das muss ich erst mit Jonas besprechen! Das ist eine ernste Sache! Das ist euch doch klar?" Sie nicken. Ihre Gesichter sind emotionslos. Er kann nichts in ihnen ablesen. Seufzend steht er auf. „Ihr habt doch nichts dagegen, wenn ich jetzt Jonas dazu hole?" Aksinja schüttelt den Kopf. „Das darf doch nicht wahr sein!" Jonas ist wie vor den Kopf gestoßen. Ernst sieht er die drei weiblichen Wesen vor sich an, als wären sie von einem fremden Planeten. „Davon war doch nie die Rede! Mensch! Wie sollen wir das wieder hinkriegen! Carlos, du kriegst das doch wieder hin? Oder!?" „Da muss ich erst eruieren, was da genau passiert ist und ob die Russen ihre Terroristen wieder zurück haben wollen!" Jonas schnaubt. „Die sollen froh sein, dass sie sie nicht mehr in ihrem Land haben müssen! …sollte man meinen!" Jonas ist zornig. Seine drei Mädels haben doch so etwas nicht getan? Sie sehen doch gar nicht aus wie Terroristen? Sie haben ihn immer wie einen gerngesehenen Gast und Kumpel behandelt… na ja, anfangs… DAS war heftig. Aber nachher? Sie haben miteinander gejagt… gealbert… gelebt! „Hilf uns, Jonas! Wir bereuen es zutiefst… und wir sind keine Terroristinnen! Wir sind Widerstandskämpferinnen gewesen!", beschwört Aksinja ihren geliebten Jonas. Flehentlich sieht sie ihn an. Sein Blick schwenkt zu den anderen zwei. Diese sitzen mit steinernen Mienen da und lassen keine Regungen zu. „…und ihr? Was sagt ihr dazu? Wollt ihr raus aus dem Schlamassel? Die Aktion von heute mit dem Schiele war nicht clever, das sag ich euch!" Olga zuckt zusammen. „Das wird nicht wieder passieren! Großes Ehrenwort!" „Ja, großes Ehrenwort!", bekräftigt auch Irina.

Jonas sieht Carlos an. „Du hast es gehört! Ich stehe hinter den Damen! Auch hinter den dreien, die hier sitzen! Gib ihnen eine neue Identität. Tu was nötig ist. Scheue keine Kosten! Sie haben es sich verdient, glaube mir! Das Leben im Dschungel war hart und entbehrungsreich!" Carlos nickt. „Ich tue, was ich kann! Versprechen kann ich es nicht!" „Mehr brauche ich nicht. Ich vertraue dir, Carlos!" Sie schütteln sich die Hand und Jonas geht in sein Zimmer. Er braucht jetzt Ruhe. Aksinja…

Ein neues Leben beginnt

Aksinja wacht in ihrem Bett auf. Sie sieht sich um und merkt, dass Eira, mit der sie sich das Zimmer teilt, noch im tiefen Schlummer scheint. Aksinja verschränkt ihre Arme hinter dem Kopf und denkt nach. Jonas war geschockt von ihrer Vergangenheit. Aber er steht hinter ihnen und das macht sie froh und zuversichtlich. Sie selbst will dafür sorgen, dass sich Olga und Irina gut einleben werden. Wie es aussieht, ist ihre Aufgabe einer Anführerin noch nicht vollständig erfüllt. Sie wird noch gebraucht. Seufzend steht sie auf und zieht sich an.

Es sind jetzt viele Tage her, seit sie aus dem Dorf hier angereist sind. Viel ist geschehen. Jonas hat sich wirklich rührend um sie alle gekümmert. Nach den Wellnesstagen hat Antonie nach einem Bekleidungsgeschäft gerufen und einige Damen sind mit Bergen von Hosen, Röcken, Blusen, Shirts und vielem mehr gekommen. So viel Kleidung wie jetzt hat sie noch nie besessen! Wie soll sie ihm dies je wieder vergelten? Sie kommt in das Frühstückszimmer. „Guten Morgen Aksinja!" Jonas sitzt, wie die letzten Tage zuvor, mit der Tageszeitung am Tisch. Aufmerksam hat er die aktuellen Aktienkurse verfolgt. Er will wieder auf den Laufenden kommen. „Guten Morgen, Jonas! Gibt es etwas Neues bei dir?" „Nein!", abwesend blättert er die restliche Zeitung zu Ende. Dann widmet er sich ganz der Frau, die ihm immer näher kommt.

Noch scheint er Skrupel zu haben, sich ihr zu erklären. Es ist noch zu bald. Seit dem Kuss in der Schwimmhalle hat er sie nicht mehr angerührt. Aber die Spannung ist nach wie vor präsent. Nein, sie steigt immer mehr... „Was willst du heute unternehmen?" „Ich weiß nicht. Ich brauche etwas zu tun, sonst flippe ich aus!" Jonas sieht sie lange an. „Hast du Lust mein Unternehmen anzusehen? Vielleicht findet sich dort eine passende Beschäftigung für dich? Die Zeit ist reif, finde ich." „Ich würde mir gerne dein Unternehmen ansehen. Ich möchte sehen, wer du bist und mit was du dich den ganzen Tag beschäftigst!" Sie essen ruhig weiter. Aksinja nimmt genüsslich einige

Schlucke aus der Kaffeetasse. Lange hat sie darauf verzichtet und jetzt ist er noch besser, als sie ihn in Erinnerung hatte.

„Ich bin fertig!" Lächelnd sieht er sie an. Sie ist eine wunderschöne Frau. Er muss sich stark zurückhalten, um nicht in ihr blondes Haar zu greifen und sie an sich zu ziehen. Aksinja leckt sich über die Lippen. Dieser feuchte Glanz zieht ihn magisch an. Sein Verlangen nach dieser Frau ist grenzenlos. Er räuspert sich. „In einer halben Stunde?" „Klar!" Sie steht auf und der Moment des süßen Leidenschaft ist vorbei. Er sieht ihrer schlanken Figur nach. Seufzend trinkt er seine Tasse aus und steht auf. Sie treffen sich beim Auto. Seit seiner Ankunft hat Jonas es sich angewöhnt, selbst mit dem Auto zu fahren. Er genießt es. Aber er weiß, dass er früher, oder später doch wieder auf den Chauffeur zurückgreifen würde, weil er in der Zeit des Fahrens viel an Arbeit erledigen kann. Seine Abwesenheit hat viele Lücken in der Arbeit hinterlassen. Sein dringendstes Problem ist noch immer der entstandene Personalmangel.

„Hi!" Aksinja steht vor ihm. Sie hat sich ein cremefarbenes Kostüm angezogen. „Du siehst sexy aus! Komm, steig ein!" Er öffnet ihr die Autotür und lässt sie einsteigen. Nachdem er die Tür bestimmt zugeschlagen hat, eilt er um das Auto herum und steigt selbst ein. Lächelnd begegnen sich ihre Blicke. Er startet mit dröhnendem Motorengeräusch und beschleunigt bald auf eine hohe Geschwindigkeit. Sie genießt die schnelle Fahrt, die eigentlich viel zu kurz ist. Bald erreichen sie die städtischen Straßen und Jonas muss einbremsen. „Das ist ein tolles Auto! Mustang?" „Yep!", bestätigt er stolz. Sie fahren vor ein hohes gläsernes Gebäude und er steuert in die Tiefgarage. An einem markierten Stellplatz bleibt er stehen und schaltet den Motor ab. „Da wären wir!" Sie sieht sich lachend um. „Tiefgarage?" Auch er lacht. Ohne weitere Worte steigt er aus und hält ihr wieder die Tür auf, bevor sie selbst aufgemacht hätte. Dann nimmt er ihre Hand und geht mit ihr zum Aufzug. Es gefällt ihr, dass er sie so festhält. Sie sieht ihm zu, als er ein Stockwerk wählt und einen Zugangschip an das Schaltpult hält. „Sicherheitsmaßnahme!", sagt er, als er ihren fragenden Blick bemerkt. Sie fahren in das oberste Stockwerk. Die Türen schließen sich mit einem leisem Bling und der Aufzug fährt mit einem fast nicht spürbaren Druck an. Nicht lange und die Kabine kommt mit einem sanften Ruck zum Stehen. Aksinja sieht sich in einer großen lichtdurchflutenden Empfangshalle. „Guten Morgen, Boss!" „Guten Morgen Mike! Darf ich dir vorstellen? Das ist Aksinja! Bitte könntest du ihr die notwendigen Papiere ausstellen? Sie ist vorläufig eine Besucherin!" Mike nickt. Jonas zieht Aksinja weiter in sein Büro. Es ist groß… sehr groß. Groß genug für einen CEO. Mit großen Augen sieht sie sich um. An der Fensterfront, das vom Boden bis zur Decke reicht und eine ganze Raumbreite einnimmt, bleibt sie stehen. „Wow!", flüstert sie. „Das ist ja gigantisch! Mega… Das gehört alles dir?" Er ist hinter sie getreten. „Ja…" Sie genießt seine Nähe… und seine starken Arme, die sich automatisch um ihren Körper geschlungen haben. Anmutig legt sie ihren Kopf auf seine Schulter zurück. Still stehen sie da und genießen den prachtvollen Ausblick über die Stadt. „Das ist New York!" „Wow!"

Die Tür öffnet sich. „Der Ausweis! Darf ich etwas zu trinken servieren, Boss?" Jonas sieht Aksinja an. Sie schüttelt den Kopf. „Nein danke, Mike! Komm, setzen wir uns." Er führt Aksinja zur Sitzgruppe, die wundervoll in das Büro integriert ist. Er nimmt ihre Hände in seine und sieht sie forschend an. „Ich denke, dass du etwas zu tun haben willst, nicht wahr? Bist du bereit zu arbeiten?" Nachdenklich sieht sie ihn an. „Ich glaube, ja… Es ist Zeit. Aber ich weiß nicht, was ich tun könnte.", sich selbst fragend, sieht sie ihn etwas unsicher an. „Was kannst du? Was sind deine Vorstellungen? Was hast du vorher gemacht? Erzähl mir was, damit ich mir ein Bild von dir machen kann.", ermuntert er sie. „Ich war im Personenschutz. Zu einer speziellen Ausbildung ist es nie gekommen! Leider!", fügt sie bedauernd hinzu. „Das ist ja mal was. Wir brauchen Leute beim Sicherheitsdienst! Willst du es dir einmal ansehen?" „Jetzt?!" Aksinja ist überrascht. „Ja, warum nicht?" Er fährt mit ihr einige Stockwerke tiefer. Vor einer Hinweistafel ‚Security' bleiben sie stehen. Jonas tätigt die Klingel und die Tür geht wie von Geisterhand auf. Ein Mann in legerer sportlichen Kleidung kommt ihnen entgegen. Aksinja bekommt große Augen. Dieser Mann ist riesengroß, schwarz und hat Muskeln, dass sie nur staunen kann!

„Charlie!" „Boss, was kann ich für dich tun?", neugierig sieht er die hübsche Frau neben seinem Arbeitgeber an. „Das ist Aksinja. Sie hat als Personenschützerin gearbeitet. Kannst du sie hier herumführen?" Charlie grinst erfreut. „Na klar! Komm!" Er zeigt ihr den Pausenraum, sein Büro und schließlich den Trainingsraum. „Hier wird regelmäßig Kampfsport trainiert. In welchen Sportarten bist du versiert?" „Kendo, Karate, Taekwondo." Charlie pfeift bewundernd. Aksinja merkt die überraschten Gesichter ihrer Begleiter nicht. Ihr Fokus liegt auf dem Ring. Mit gekrauster Nase beobachtet sie die zwei Männer, die sich hier gegenüberstehen. „Los, mach schon!", murmelt sie plötzlich. Als hätte der eine sie gehört, greift er an und nutzt eine Schwachstelle aus. Der Gegner fällt überrascht zu Boden. „Kevin! Deine Hände sind zu tief!

Konrad hatte ein Leichtes mit dir!", ruft Charlie rügend. Er beugt sich zu Aksinja. „Hast du Lust?" Aksinja lässt dieses Angebot nicht ungenutzt vorüberziehen. „Klar!"

Jonas ist nicht gerade erfreut darüber. Der Mann im Ring ist nicht gerade zimperlich. Er hat es schon öfters beobachtet, wie er Mitarbeiterinnen ohne Gnade KO geschlagen hat. Er führt Aksinja in die Umkleide und zeigt ihr einen Spind. „Da hast du passende Klamotten! Such dir was aus!" Dann fragt er sie noch: „Glaubst du wirklich, dass du das tun möchtest?" Sie nickt überzeugt und zieht sich vor ihm aus. Sie hat keine Scheu, sich vor ihm nackt zu präsentieren, wie all ihre anderen Gefährtinnen auch. Sie haben eine gemeinsame Vergangenheit und da ist eine falsche Geziertheit unangebracht. Dennoch muss Jonas, angesichts der schönen nackten Frau vor ihm, schlucken. Sein Blick ist heiß und seine Libido lässt sich nur schwer im Zaum halten. Endlich ist sie fertig. Sie sieht noch heißer aus. Entschlossen nimmt er sie bei der Hand und zieht sie wieder zurück in die Halle. Charlie bemerkt die ineinandergeschlungenen Hände und vermerkt es bedauernd, dass diese Frau für ihn tabu ist. „Konrad! Das ist Aksinja! Sie fordert dich heraus! Nimmst du es an?" Konrad guckt von seiner Ecke, in der er auf einem Hocker Platz genommen hat und sieht Aksinja abschätzig an. Dann grinst er überheblich und nickt. „Na klar, Boss!" Er springt auf und schlägt auf die bandagierten Fäuste Aksinjas kurz ein.

Sie gehen auseinander und postieren sich mit leicht gespreizten Beinen gegenüber. Sie sehen sich intensiv in die Augen und wollen sich gegeneinander abschätzen. Niemand zeigt seine Schwachstellen. Charlie nickt bewundernd. Aksinjas Haltung ist perfekt. Sie zeigt keine Schwäche und keine Scheu vor dem viel größeren Kerl vor ihr. Dann kickt sie mit dem linken Bein in seine Beine und lenkt Konrads Sinne auf die untere Region. Aksinjas Handschlag gegen seine Niere lässt ihn hart aufkeuchen. Er rudert zurück und fängt an sie mit langsamen Schritten zu umkreisen. Sie folgt ihm nicht. Sie konzentriert sich auf seinen Atem. Dann schnellt sie um die neunzig Grad um und wehrt seinen ausholenden Arm hinter ihr ab und schlägt mit dem rechten Bein seine Beine vom Boden. Er fällt mit Karacho auf den Rücken. Schnaufend ergibt er sich. Er hat genug. Charlie klatscht zustimmend. Diese Lady hat etwas drauf. Ihr Atem ist noch nicht einmal zu hören! Sie ist eiskalt und effizient. „Ich brauche dich, Aksinja!" Sie lacht. Sie hilft Konrad auf die Beine und klopft ihm kameradschaftlich auf die Schulter. Er nickt leise grollend und trollt sich. Sie springt aus dem Ring und gesellt sich zu Jonas und Charlie. „Wenn du den Job in der Security haben willst, dann hast du ihn!", meint Jonas auf Aksinjas stumme Frage hin. „Danke! Danke!", sie springt ihn begeistert wie ein Klammeräffchen an. Jonas hält sie fest und verkündet laut. „Sie fängt morgen an!"

Zurück in der Umkleide, zieht sie sich in Windeseile wieder um. „Glaubst du, dass Irina und Olga auch so einen Job bekommen können? Sie sind mindestens so gut wie ich!" Jonas lacht. „Charlie wird begeistert sein! Wir können die beiden morgen mitnehmen." „Machen wir das!" Sie wirkt nachdenklich. „Du denkst auch an die anderen, nicht wahr?", mutmaßt Jonas. Aksinja nickt bedächtig.

Sie sorgt sich noch immer um alle. „Wenn sie bereit sind, werden sie auch einen Job bekommen... was immer sie können und wollen!" „Oh, danke... danke! Wir werden alle das Beste für dich sein!" Schmunzelnd empfängt er ihre Küsse auf seine Wangen und sieht zu, dass sie wieder in sein Büro kommen. Die Besichtigung durch sein Unternehmen kann verschoben werden... Er trägt sie bis in sein Büro. Die überraschten Blicke derer, denen sie unterwegs begegnen, ignorieren sie. Sie starren sich an und küssen sich stürmisch. Er schlägt die Tür hinter sich zu und steuert die Sitzecke in seinem Büro an. Dort legt er sie sachte auf den Rücken nieder und stützt sich links und rechts ihres Kopfes auf. Lange sieht er sie an. „Willst du es denn?" Sie schüttelt bejahend den Kopf und grinst. „Komm zu mir!" Er beugt sich mit einem Liegestütz zu ihr hinunter. Sie schlingt die Arme um seinen Nacken und zieht ihn noch näher zu sich. Dann küssen sie sich Lippen auf Lippen. Seine Arme zittern, wegen seines Gewichts. Er legt sich halb auf sie. Ihr Kuss wird intensiver. Seine Zunge begehrt Einlass und kostet sie genüsslich aus. Das Telefon läutet.

Seufzend wartet er ab, ob es nicht von alleine aufhört. Aber dieses Wunschdenken erfüllt sich leider nicht. Aufseufzend lässt er seine Stirn auf ihr Kinn fallen und springt behände auf. „Ja?" „Direktor Kobl ist am Apparat, Boss!" „Bitte sag ihm, dass ich nicht zu sprechen bin! Ich bin die nächste Stunde überhaupt nicht zu sprechen! Keine Anrufe, keine Besuche! Verstanden?" „Ja, Boss!" Er sieht mit lächelnden Blick zu Aksinja hinüber, während er spricht. Sie ist jetzt nackt und rekelt sich auf der Couch. Er legt auf und pirscht sich langsam wieder an sie ran.

Aksinja kichert. Es gefällt ihr, so viel für Jonas zu bedeuten! Sie breitet die Arme und die Beine einladend auf, um ihn willkommen zu heißen. Nicht lange und er erliegt ihrer Verlockung. Sein Blick auf ihre entblößte Pussy, bringt ihn in Versuchung, mehr von ihr zu wollen. Er kniet sich vor ihr und hält sie für sich weit offen. Er schleckt sie genussfreudig aus und labt sich an der honigsüßen Nässe. Aksinja windet sich. Sie liebt es, wie er das macht. Er ist ein Meister des Leckens! „Jonas! Hör auf!", jammert sie. Er sieht zu ihr hoch. Seine nasse Mundpartie irritiert sie etwas. „Nein! Mach weiter! Du machst es soo gut!", stöhnt sie. Ihre Hände drücken ihn wieder dorthin, wo er aufgehört hat. Seine zusätzlichen Finger in ihrem Kanal ficken sie unaufhörlich, aber stetig zu einem Genuss, den sie schon lange nicht mehr verspürt hat. Seufzend wünscht sie sich, dass er sie jetzt… genau jetzt nimmt. Sie will es und sie erwartet es sehnlichst. „Komm!" Sie wedelt mit ihren Händen. Jonas muss zu ihr raufkommen und seinen starken Penis in sie hineinstoßen! „Was willst du?" „Ich will, dass du mich jetzt bumst!", fordert sie erregt. Sie ist nahe dran und will es erst, wenn er in ihr ist! „Dein Wunsch ist mir Befehl, meine Liebe!" Er hebt sich hoch über sie, nimmt ihre Beine gleich mit und platziert sie auf seinen Schultern. Seine Eichel streichelt ihre äußeren Schamlippen. Aksinja versucht dem nachzuhelfen und kommt ihm entgegen. Aber alleine schafft sie es nicht. „Komm jetzt!", jammert sie ungeduldig. Ihre glasigen Augen sind auf seine dunklen Seen gerichtet. Sie greift zu ihrer Mitte und schnappt sich den dicken Schaft. Etwas unbeholfen lenkt sie ihn zu sich, aber es gelingt ihr wieder nicht. Frustriert und böse sieht sie ihn an. Er lacht. „So ungeduldig! So gierig! Wie willst du es? Hart… sanft?" „Hart… Jonas… bitte!" Mit einem festen Stoß dringt er bis zum Anschlag durch. Aksinja schnappt nach Luft. „Ah…!" Der dicke Schwanz ist für ihre bedürfte Pussy eindeutig zu voluminös! „Alles okay?" Sie nickt hektisch. Aber sie will nicht, dass er aufhört in dem, was er gerade tut. „Mach weiter, sofort!", befiehlt sie ihm wimmernd. Er fängt an, sich zu bewegen. Mit langen, stetigen Stößen rammelt er heftig ein und aus. Sein Atem fängt an schneller zu werden. Sein Penis scheint weiter anzuschwellen. Soo guut! Er sieht hinunter zu Aksinja. Sie scheint es zu genießen. Die heftigen Stöße lassen ihren Busen auf und ab wackeln, was ihn zu mehr antörnt. „Warum hörst du auf?!", Aksinja ist entsetzt. Sie ist kurz davor gewesen! „Dreh dich um! Auf alle Viere!", knurrt er. Er schnappt sie an den Beinen und wendet sie selbst. Der von ihm verursachte Schwung dreht sie auch gleich als Ganzes um. Sie drückt sich hoch und steht nun, wie von ihm gewünscht, in Position. Sie wackelt mit ihrem Hinterteil. Er muss unbedingt weiter machen! Jetzt! Er setzt seinen Penis an und gleitet ohne Probleme hinein. Ihr Inneres hat sich schon längst an sein Teil angepasst. Er penetriert sie hart. Das Sofa ächzt. Aksinja schreit laut auf und Jonas grunzt, ob der gewaltigen Sinneseindrücke, die ein Fick so bietet. „Jaaa… ich komme gleich, Jo…!" „Halte durch!" „Es geht nicht!" Er klatscht ihr heftig auf die Pobacke. „Au…!" Der Schmerz lässt sie zusammen zucken. Wofür war das denn bitte? Aber sie ist geil. Geil auf den Mann hinter ihr, der ihr so viel Gutes tut. Sein Schwanz fängt an zu vibrieren. Aksinja spürt es tief in ihr drinnen. Sie drückt einmal die Muskeln in ihrer Vagina zusammen. Er stöhnt verhalten. Dieses Weib macht ihn fertig. „Komm mit mir!" Er klatscht ihr noch einmal heftig auf die andere Pobacke und schupst sie so über die Kante.

„Ja… ja… ja! Das ist guut!", schreit Aksinja laut. Sie hat keine Hemmungen den Orgasmus voll auszukosten. Ihre Augen verdrehen sich. Die Heftigkeit hat sie schon lange nicht mehr verspürt. Ihre Arme drohen unter ihr nachzugeben. Sie legt den Kopf vor sich ab und das dadurch weiter erhobene Hinterteil bietet sich seinen gierigen Blicken an. Es gefällt ihm was er sieht. Die Backen, die durch seine Schläge rot geworden sind. Auch die Rosette hat einen Reiz für ihn. Er streichelt einmal darüber und dringt leicht ein. Aksinja zuckt zurück. Durch ihre Kontraktionen spürt sie den zuckenden Penis in ihr umso mehr. Sie hilft nach und drückt noch mehr. Er knurrt und zieht ihren Hintern näher zu sich. Er bohrt noch einmal ganz tief und macht leichte Stöße. Sein Finger spielt auf ihrer Rosette. Es macht sie an, nachdem sie sich daran gewöhnt hat und ladet ihn ein, mehr zu tun, indem sie ihm entgegenkommt. Er lacht. „Es gefällt dir! Aber das machen wir ein andermal. Ich habe Arbeit zu tun!" Ein letztes Mal klatscht er mit der flachen Hand auf ihre Kehrseite und zieht sich schließlich aus ihr heraus. Etwas missmutig, weil es schon ein Ende hat, seufzt sie laut auf.

„Aksinja, du kannst dich im Duschraum waschen. Komm mit!" Er zieht sie in die Höhe und führt sie nackt, wie sie sind, in einen, vom Büro aus nicht sichtbaren Nebenraum. Jonas hat hier schon lange einen Duschraum einrichten lassen. „Warte hier! Ich habe noch einiges zu tun.

Oder willst du das Haus alleine erkunden? Ich kann Charlie rufen. Er kann dir das Haus zeigen. Er kennt es wie seine Westentasche! Später fahren wir wieder gemeinsam nach Hause!", bietet er ihr an. „Ich warte lieber!" Sie ist noch unsicher bei anderen Leuten. Zu lange sind sie von der Welt da draußen abgesondert gewesen. Sie fühlt sich bei Jonas wohl und wartet gerne. Neugierig schlendert sie herum und sieht sich das eine oder andere an. Jonas indessen beeilt sich. Er ahnt, dass sie etwas überfordert ist. Der Tag hat viel Neues für sie bereitet.

Ein Ärger kommt selten alleine

Der nächste Tag beginnt mit einem Schock. Jonas sitzt beim Frühstück und starrt auf die Titelseite der Tageszeitung. Ein Bild mit dem Journalisten im Würgegriff von Olga. Ein gefährlich aussehendes Messer bedroht seine Halsschlagader. Jonas knurrt. Das Bild ist relativ scharf. Er sieht Ärger auf sie zukommen. Er liest aufmerksam den Artikel.

Journalist wurde mit dem Leben bedroht. Wer ist diese Unbekannte?

Das Bild zeigt den Körper Olgas und die Hand, die, gut sichtbar ein langes Jagdmesser an den Hals des Journalisten angelegt hat. Das Gesicht des jungen Mannes ist schmerzverzerrt und verängstigt erkennbar. Olgas Gesicht ist nicht zu erkennen.

Das Handy läutet. Es ist Sebastian. Natürlich. Jonas nimmt an. „Hast du das gesehen!?", fällt Sebastian mit der Tür ins Haus. „Jaaa…" Jonas' Ton ist langgezogen. Er liest gerade den Text. Sein Grauen steigt. Sie müssen etwas unternehmen! „Sag Carlos Bescheid! Er muss schnell handeln! Sonst ist hier der Teufel los!" Jonas legt auf. Schnell liest er fertig. Dann legt er das Tagesblatt zur Seite. Er hat keine Lust mehr, die Zeitung fertig zu lesen. Aksinja kommt herein. Sie geht schnurstracks auf ihn zu und küsst ihn liebevoll in den Nacken. Er erstarrt. Er hat jetzt auch keine Lust auf Zärtlichkeiten. Die Frauen treiben ihn in einen Hexenkessel! „Lass das!" Sie ist überrascht und zieht sich pikiert zurück. „Was hast du?" Dann fällt ihr Blick auf das Bild vor ihr. „Mein Gott! Wie konnte dieser Vorfall so schnell in die Zeitung gelangen?" „Das weiß ich nicht. Der Kerl dürfte nicht alleine gewesen sein!" Er ruft nach Antoine. „Antoine haben Sie die Zeitung schon gesehen?" „Natürlich habe ich die Titelseite gesehen! Es ist ein Skandal. Sie müssen etwas unternehmen, Sir!" Jonas ist sich nicht sicher, ob Antoine sich eher um die Frauen sorgt, oder um das Ansehen seines Arbeitgebers. „Bitte holen Sie die

Frauen! Ich muss ihnen kurze Anweisungen geben!" „Sehr wohl, Sir!" „Was willst du unternehmen?" Aksinja hat sich gefangen. Die brüske Abwehr von Jonas hat wehgetan. Aber jetzt versteht sie den Ärger. „Ich weiß es noch nicht. Sebastian muss sich schleunigst etwas überlegen, sonst kommen wir in Teufels Küche! Wir können froh sein, wenn Olga keine Anzeige bekommt, sonst kann ich ihr nicht mehr helfen! Auch für die anderen wird es eng werden. Carlos hat es in diesem kurzen Zeitraum sicher noch nicht geschafft eure Identitäten zu sichern!" Leicht überfordert reibt er sich den Nacken, dann über das Gesicht. Er sorgt sich um die Frauen, auch um Olga. Es sind seine Gefährtinnen! Herr Gott noch einmal! „Willst du uns helfen, Jonas?" Aksinja ist sich seiner Loyalität gegenüber ihrer Leidgenossinnen wieder einmal unsicher. Sie sehen sich lange an. Er setzt an zu sprechen und wird von der Ankunft der ersten Frauen unterbrochen. „Da kommen sie!", meint er schlapp. Aksinja seufzt enttäuscht. Sie weiß nicht, wie er zu ihnen steht. Muss sie sich Sorgen machen? Natürlich! Olga hat Scheiße gebaut! „Olga ist in der Zeitung!", sagt sie mit steinerner Miene zu Cara, Eira, Jannika und Irina. „Oh mein Gott! Das ist ja eine wirkliche Scheiße!", bringt Irina es auf den Punkt. So ganz verstehen sie die ganze Tragweite noch nicht.

Olga kommt mit Florence herein. „Was ist los? Warum weckt uns Antoine auf?" Olga bekommt das Bild vor die Nase. Entsetzt sieht sie es an. Ihr Gesicht ist blass geworden. Wie konnte das passieren? Wo war das Arschloch? Wie hatte sie ihn übersehen können? All diese Fragen geistern Olga wirr im Kopf herum. Sie sieht auf… direkt in Jonas' kalte Augen. Ihr ist nicht gut dabei. Sie hat das Vertrauen dieses Mannes erschüttert. Kleinlaut spricht sie aus, was die anderen vielleicht auch schon gedacht haben: „Es tut mir leid!" Sie senkt beschämt den Blick. Das hat er nicht verdient! Jonas schnaubt. Dies kann er nicht mehr rückgängig machen! „Wir werden sehen, was Carlos machen kann. Vielleicht kann er es irgendwie abwürgen. Dir und euch allen ist hoffentlich bewusst, dass dies euren Aufenthalt hier in Amerika kosten kann?" Streng blickt er dabei nur Olga an. Sie bereut es schon. „Es tut mir wirklich leid! Kann ich etwas tun?" „Nein! Ihr haltet euch zurück. Keine Gespräche mit fremden Personen, egal was sie euch versprechen! Kapiert? Wir müssen froh sein, wenn wir keine Anklage bekommen werden. Carlos muss mit dem Journalisten sprechen!", sagt er jetzt mehr zu sich selbst.

Er wählt die Nummer seines Anwaltes an. „Esposito!" „Carlos! Wie sieht es aus?" „Bis jetzt habe ich noch keine Anzeige gesehen! Ich bin auf dem Weg zum Verlag, um diesen Journalisten Herbert Schiele zu sprechen. Es wird einiges kosten, um ihn milde zu stimmen!" „Egal, versprich ihm, was er will! Du kannst ihm auch ein Exklusiv Interview mit den Frauen versprechen! Aber er muss warten können!" „Alles klar! Ich melde mich!" Jonas sieht auf. Die Gefährtinnen haben sich rund um den Tisch gesetzt. Trotz des gut bedeckten Tisches mit leckerem Essbaren, sehen sieben ängstliche Augenpaare auf ihn. Er räuspert sich. „Carlos ist unterwegs zu dem Journalisten, um ihn wieder auf Schiene zu bringen. Es wird mich viel Geld kosten! Aber Schiele wird sich auf das

Exklusiv Interview stürzen. Er ist sicher ein ehrgeiziger Schreiberling. Hoffe ich!", fügt er noch hinzu. „Ich kann es euch nicht ersparen, dass ihr euch jetzt weiterhin ausschließlich im Haus aufhalten müsst.", dabei sieht er vor allem Aksinja an. Er weiß, dass sie sich auf die Arbeit mit Charlie gefreut hat. Aber dieser Zeitungsartikel hat es zunichte gemacht. Vorläufig.

„Jetzt esst!" Bewegung kommt in die starren Körper hinein. Aksinja hat sich noch nie so hilflos gefühlt. Sie kann Olga nicht helfen, sollte sie zurück nach Russland gehen müssen. Sie muss auf Jonas und Carlos vertrauen, dass sie es wieder gut machen. Sie beißt in ihre Buttersemmel. Es schmeckt schal. Den anderen geht es nicht besser…

„Ich muss jetzt gehen!" Jonas tut es leid, dass er so harsch mit ihnen umgeht. Seine Spannung und sein Ärger ist greifbar. Die Köpfe sind gesenkt. Er fühlt sich bemüßigt ein paar aufmunternde Worte zu sagen. „Kopf hoch! Es wird schon. Habt Vertrauen in Carlos!" Blasse Gesichter sehen ihn hoffnungsvoll an. Aber die Hoffnung ist klitzeklein.

Antoine kommt herein. „Sir?" Jonas sieht auf. „Fräulein Nadja wartet im Salon auf Sie!" Geschockt fragt Jonas nach: „Wer?! Äh… was tut sie da?" Er steht wie vom Donner gerührt da. An Nadja hat er nicht mehr gedacht, seit er eine SMS auf dem Satelitentelefon, fernab seiner Heimat, von ihr bekommen hat. „Ich komme!" „Wer ist Nadja?", fragt Florence neugierig. Die anderen sehen ihn ebenfalls fragend an. Aber er ist auf dem Weg hinaus.

„Nadja!" Er kommt auf sie zu und zieht sie in eine leichte nichtssagende Umarmung. Seine Verlobte, die er schon längst in den Hintergrund gedrängt hat, wehrt ihn ab schroff ab und meint mit einem äußerst sarkastisch schrillen Ton: „Gut, dass du dich an mich erinnern kannst!" „Natürlich, meine Liebe!" Er ist nicht wirklich erfreut, sie zu sehen. Am liebsten würde er sie aus dem Haus komplimentieren. Er hat momentan keine Lust, sich mit ihr auseinander zu setzen. „Ich musste dich sehen! Du warst lange verschwunden! Ich wusste nicht einmal, ob du noch lebst! Aber jetzt bist du ja da!" „Ja…", dabei denkt er nur an das dringliche Problem. „Jonas, habe ich dir nicht ein bisschen gefehlt?" Nadja pirscht sich wehleidig an den Mann, der ihr Verlobter ist und schmiegt sich in seine, vermeintlich gut gemeinte, Umarmung. „Ich habe dich vermisst!" Sie hebt ihr Gesicht an, um sich einen Kuss zu holen. Jonas senkt automatisch seinen Kopf und presst seine Lippen auf ihre. Dabei schwebt das Gesicht Aksinjas vor seinen Augen. Abrupt wendet er sich ab.

„Jonas, wer ist diese Frau?" Florence steht in der Tür. Sie ist kein bisschen verlegen, weil sie in eine intime Situation hineingeraten ist. Sie denkt an ihre Freundin Aksinja. Sie sollte eigentlich in seinen Armen liegen… oder…? „Äh… ja… komm herein." Irgendwie ist er froh, dass die junge Frau sie unterbrochen hat. Er stellt sie gegeneinander vor. „Nadja, das ist Florence. Sie ist eine liebe Freundin von mir. Sie hat mir sehr geholfen, die schreckliche Situation zu überleben. Florence, das ist Nadja… meine… äh…" „Verlobte!", hilft Nadja ihm nach. Die beiden weiblichen Wesen mustern sich argwöhnisch. Verlobte?! Liebe Freundin?! Beide stehen sich misstrauisch gegenüber und jetzt schon davon überzeugt, dass eine von ihnen gehen muss.

„Meine Lieben! Ich muss etwas Dringendes erledigen! Nadja kann ich dich mitnehmen? Ich muss ins Büro… ein Notfall… du verstehst?" Er versucht eiligst die beiden Damen voneinander zu trennen. Er kennt Nadja und weiß nicht wie Florence auf diese Frau reagieren wird. Florence ist ein typisches Wesen nach dem Motto Stille Wasser sind tief. Er nimmt Nadja am Oberarm und schleift sie regelrecht vor die Haustür. „Wiedersehen Florence!" Erst im Freien, auf dem Weg zur Limousine, die vor dem Haus wartet, lässt er Nadja frei. „Meine Güte, Jonas! Warum beherbergst du dieses… dieses Flittchen?" Jonas hütet sich, auf diese Frage eine Antwort zu geben und nimmt sein Handy zu sich und checkt seine E-Mails. Flittchen! Florence ist die netteste, unbedarfteste Frau unter den Gefährtinnen!

Florence geht etwas benommen in den Frühstücksraum zurück, wo noch über die Folgen des unseligen Vorfalles in der Zeitung diskutiert wird. „Jonas hat eine Verlobte!" Augenblicklich herrscht

Stille. „Was?" „Jonas hat eine Verlobte. Sie heißt Nadja." „Du hast sie gesehen? Wo?" „Sie war mit Jonas im Salon und er hat sie geküsst." Florence starres Gesicht wendet sich dabei zu Aksinja, die entsetzt zugehört hat. Warum? Warum tut er so etwas? Was ist sie für ihn? Ein Zeitvertreib? Ihre Tränen sind gefährlich nahe daran, zu fließen. Sie ist dabei, sich in ihn zu verlieben! Eine Verlobte? Verstört rennt sie hinaus. Sie muss alleine sein. „Antoine!" Der Butler ist gerade in das Zimmer gekommen. Er findet seine selbsternannten Schützlinge hochgradig erregt. „Meine Damen! Sie müssen es sich nicht so zu Herzen nehmen! Herr Jonas wird schon eine Lösung finden!", seine vermeintliche Annahme, dass es immer noch um den Zeitungsausschnitt geht, kommt bei den Frauen wirklich schlecht an. „Was meinst du damit?" „Diese dämliche Kuh ist seine Verlobte!" „Warum wissen wir nichts davon!" „Das ist eine ausgemachte Kacke!" „Olga! Bitte mäßigen Sie sich!", rügt er diesen Ausdruck. Der Butler ist etwas daneben. Dann fällt ihm schlagartig ein, dass die Dame Nadja anwesend war! „Oh meine lieben Damen! Das tut mir so leid! Ich habe vergessen, dass diese Dame Nadja im Haus gewesen ist!" Er sieht sie bedauernd an. Nadja, als Jonas Verlobte findet ebenfalls keine Zustimmung von seiner Seite. Aber was soll man da machen, wenn Jonas sie auserkoren hat? „Sie ist seine Verlobte?" Er nickt zögerlich. „Aber er hat doch Aksinja sehr gern!", wendet die scharfsichtige Florence ein. Antoine sieht sie liebevoll an. „Ja, seit Herr Jonas da ist, ist er wie ausgewechselt. Er sieht Aksinja sehr gern an!", meint er nachdenklich. „Dame Nadja hat er noch nie besucht, seit er wieder da ist.", glaubt er zu wissen. „Dann ist es ja perfekt! Nadja kann dahin gehen, wo der Pfeffer wächst!" Florence hat den Nagel wieder einmal auf den Kopf getroffen.

„Gefährtinnen, eine für alle, alle für einen!" Irinas Spruch der drei Musketiere nimmt Gefallen an. Antoine ist zufrieden. Dieser Aufruf zur Tat gefällt ihm besonders, da er ein Fan dieses historischen Abenteuers von Dumas ist. „Antoine, setzen Sie sich! Wir müssen einen Schlachtplan aushecken! Nadja muss verschwinden." Antoine grinst zustimmend. Diese Nadja ist eine arrogante Kuh! Jawoll!

Am späten Nachmittag sitzt Carlos endlich bei Jonas im Büro. Auch Sebastian ist dabei. Gespannt und nervös erwarten sie einen Bericht. Hoffentlich ist er positiv! Das Leben der Frauen hat erst so richtig begonnen! Jonas ist hochgradig erregt. Nadja hat ihm heute den letzten Nerv gezogen. Die endlos lange Besprechung mit Sebastian, wie sie mit der Presse vorläufig umgehen sollen, ist mit Mikes grandioser Idee zu Ende gegangen. Er braucht etwas Hochprozentiges zu trinken! „Wollt ihr auch etwas?" „Scotch!", ordert Carlos, derweil er in seiner Aktenmappe verschiedene Papiere hin und her sortiert. „Whiskey!" Jonas schenkt aus seiner Bar ein und bringt es zu seinem ausladend geformten Schreibtisch. Erschöpft lässt er sich in seinen Sessel fallen und sieht seine beiden Freunde gegenüber an. „Sag schon! Wie ist es gelaufen!" „Gut!"

Carlos setzt an. „Zuerst habe ich erreicht, dass die Damen Jannika, Cara, Eira und Florence ihre Aufenthaltsgenehmigung in Amerika haben. Einen Pass gibt es zurzeit natürlich nicht. Die Voraussetzungen sind noch nicht gegeben. Dies dauert einige Jahre." Wenigstens etwas! „Danke Carlos! Weiter!" „Bei Aksinja, Irina und Olga bin ich noch in Verhandlungen mit dem russischen Konsulat in New York. Aber ich bin zuversichtlich." Er blickt von seinen Mitschriften auf. Jonas nickt. Er versteht, dass dies länger dauern wird. Carlos setzt weiter an. „Dieser junge Journalist ist ein Streber. Es war mir ein Leichtes, ihn zu überzeugen, dass es besser wäre, keine Anzeige zu erstatten. Ein Umschlag hat ihn letztendlich überzeugt. Er war natürlich sehr angetan, als er die Zusicherung für ein erstes Exklusiv Interview bekommen hat." Jetzt grinst Carlos schadenfreudig. Der junge Mann war eine leichte Beute für ihn. „Bravo Carlos! Wie lange wird es dauern, dass die Mädels einen amerikanischen Pass bekommen?" „Fünf Jahre, beziehungsweise drei Jahre bei Heirat mit einem amerikanischen Staatsbürger! Natürlich sind diese Jahre noch mit einer langen Aufenthaltsdauer vorausgesetzt. Da kann ich nichts dagegen machen! Das ist Gesetz!" Jonas nickt bedächtig. Nichts anderes hat er erwartet. „Jonas, da hatten wir noch Glück gehabt. Wie geht es weiter?", wirft Sebastian ein. „Ich denke, wir können den Damen Arbeiten zuweisen. Sie sind reif. Die Decke fällt ihnen schon auf den Kopf. Sebastian ich bin für Vorschläge offen." „Ich spreche mit ihnen, wenn du sie morgen hierher bringst." „Danke!"

Jonas kommt mit besserer Laune nach Hause, als er am Vormittag weggegangen ist. Er hat Nadja einfach zu Hause abgeladen und ist weitergefahren. „Ich bin wieder da!", ruft er gutgelaunt in das Haus hinein. „Hallo, Herr Jonas!" „Antoine! Wo sind sie alle?" „Sie sind im Spa. Aksinja ist in ihrem Zimmer. Sie fühlt sich nicht wohl." „Ist sie krank?" „Nein. Ich denke, sie fühlt sich etwas unwohl." „Jonas hat keine Vorstellung davon, was Antoine meint und steuert den hauseigenen Spa an. „Mädels, ich bin wieder da! Ich habe gute Neuigkeiten für euch!" Etwas irritiert sieht er auf die gespannten Gesichter. Niemand scheint ihn willkommen zu heißen. „Was ist los mit euch?" Er sieht Florence an. Sie ist die Frau, die Stimmungen am besten erklären kann. „Du bist verlobt!", meint sie vorwurfsvoll. Ah… daher weht der

Wind. „Ja… ist das ein Problem für euch?" Florence sieht ihn böse an. „Ja! Du hast Aksinja geküsst und sie flachgelegt …obwohl du verlobt bist!", macht sie ihm den Vorwurf. „Ist sie deshalb auf ihrem Zimmer?" Er bekommt keine Antwort. Er fühlt sich so schon mies. Er hätte die Gefährtinnen, vor allem Aksinja aufklären müssen! Jetzt ist die Bombe geplatzt und er ist in Ungnade gefallen.

„Du hast Neuigkeiten für uns?", fragt Eira. Er sieht sie selbstvergessen an. Er hat den Faden verloren… ah ja. Es fällt ihm wieder ein. Ihr könnt morgen in mein Unternehmen kommen und euch für einen Job bewerben. Sebastian wartet auf euch!" Er grinst. „Das sind wirklich nette Neuigkeiten! Das werden wir tun. Danke!" Etwas mehr Begeisterung hätte er auf alle Fälle erwartet. Er zuckt die Achseln und wendet sich ab. Er will unbedingt auch mit Aksinja sprechen. Wie muss sie sich fühlen? Ausgenutzt? Er kann es nachvollziehen. Er hätte ihr von Nadja erzählen müssen. Nadja ist Geschichte, wenn es nach ihm gehen würde. Aber so einfach ist das auch nicht. Nadja sollte mit ihm eine Zweckehe führen. Ihr Vater ist ein wichtiger potentieller Kunde…, wenn die Ehe vollzogen ist… Millionen von Dollars käme in die Kasse. Er seufzt. Er hat schon längst mit Sebastian gesprochen, dass er die Ehe nicht führen kann. Nadja ist ihm zu… er weiß nicht… sie ist ihm derart zuwider, dass er leicht auf den Gewinn verzichten könnte. „Endlich, bist du zur Besinnung gekommen!", war der einzige Kommentar seines Freundes. Er muss es zu Ende bringen. Bis jetzt hat er es hinausgeschoben. Mit Aksinja an seiner Seite, ist es dringend geworden. Er klopft an das Zimmer von Aksinja, der Frau, die ihm unter die Haut geht. „Aksinja?" „Geh!" Er öffnet dennoch die Tür. Sie sitzt mit einem Polster vor ihre Brust gepresst vorm Fenster. „Aksinja!" „Ich habe gesagt, du sollst gehen!" „Nein! Hör mir zu! Ich bin verlobt, ja! Aber diese Verlobung ist längst eine Farce. Nadja ist Geschichte… schon vor uns!" „Warum ist sie dann noch da?" Er windet sich. „Ich habe es noch nicht offiziell zu einem Ende gebracht! Glaub mir! Morgen gehe ich zu ihr und sage es ihr!" Er sieht ihr bittend in die Augen. Sie nickt nur leicht und guckt wieder von ihm weg. „Geh!

Komm erst wieder, wenn du es gemacht hast!" Wie ein geprügelter Hund steht er da und entfernt sich schließlich mit schwerem Herzen.

Das Abendessen verläuft schweigend. Aksinja hat es vorgezogen, in ihrem Zimmer zu bleiben. Die Stimmung ist am Tiefpunkt. „Morgen könnt ihr mit mir in die Firma, oder später nachfahren. Ich werde an der Rezeption Bescheid geben, dass ihr eine Besucherkarte ausgehändigt bekommt. Er bekommt keine Antwort und beschließt nach dem Essen sofort in sein Zimmer zu gehen. Als er sich schlafen legt, klopft es an sein Zimmer. „Herein!" Die Tür geht auf. Er wartet ab, aber als sich niemand meldet, dreht er sich um. „Aksinja!", ruft er erfreut. „Komm doch herein!" Zögernd steht sie in der Tür und wartet ab. Er kommt langsam auf sie zu, als wolle er sie nicht wieder verscheuchen. Er nimmt sie sachte an der Hand, schlägt die Tür mit dem Fuß zu und führt sie zu seiner Couch. Dann setzen sich beide hin. Der Abstand könnte nicht größer sein. Sie schweigen. Sie seufzen jeder für sich. Dann beginnen beide gleichzeitig zu sprechen. „Ich…" „Eigentlich…" Jonas grinst und gibt ihr den Vortritt. Sie zaudert. „Komm schon Aksinja! Rede mit mir!" „Was bin ich für dich?", flüstert sie. Er nimmt tief Luft. Sie ist alles für ihn. Er liebt sie. Er liebt sie? Er hat noch nie darüber nachgedacht. Aber jetzt? „Ich liebe dich!" Er muss es ihr sagen. Sie sieht ihn groß an. „Was ist mit Nadja?" „Vergiss Nadja! Ich werde die Verlobung auflösen!" „Wird sie das nicht kränken?" „Nein… ich glaube nicht. Sie… wir… haben eigentlich nur eine Zweckehe geplant. Wir lieben uns nicht." Er ist sehr überzeugend. Aksinja hat noch ihre Zweifel und hält sich zurück. „Aksinja! Was denkst du?" „Ich weiß nicht… Ich bin mir so dämlich vorgekommen, als ich es erfahren habe!" „Aksinja! Das was wir haben ist echt! Glaub es mir!" Er rückt näher und nimmt ihre Hand in seine. Er beginnt ihre Knöchel zu liebkosen und zu küssen. Dann lutscht er jeden einzelnen Finger in seinen Mund hinein. Aksinjas Augen werden größer. Verwundert ob der intensiven Wahrnehmung, werden ihre Pupillen ganz weit. Jonas bemerkt es und wird mutiger. Er küsst die Handwurzel und weiter hinauf ihren Arm. Es kitzelt und Aksinja kichert. Sie versucht ihren

Arm zurückzuziehen. Aber er hält sie fest.

„Darf ich dich küssen?" Sie nickt und sieht ihn mit glänzenden Augen an. Vergessen ist der Schmerz. Vergessen die Verlobung. Vergessen ist die fremde Frau namens Nadja. Jonas' Gesicht kommt unaufhörlich näher. Sie leckt instinktiv über ihre trockenen Lippen. Der Glanz, der darauf entsteht, lockt Jonas näher… näher… bis er auf sie prallt. Er stöhnt wohlig auf. Zartschmelzend streift er entlang ihres Mundes und verlockt sie zu etwas, das sie selbst schon lange ersehnt. Sie öffnet den Mund und japst seufzend auf. Seine Zunge hat die Gelegenheit ergriffen und ist vorgeschnellt. Sie fällt in seine wohltuende Umarmung und ergibt sich seinem verlangenden Kuss. Dass es dabei nicht bleibt, ist alleine Aksinjas Wunsch, nach mehr, zu verdanken. Ihre Initiative, an den wenigen Kleidungsstücken zu zerren, ist ein eindeutiges Signal an ihn und sie erkunden wieder einmal in einer Hast, die es nur Frischverliebte tun, ihre Körper. Jonas überlässt ihr die Führung. Er will sie nicht verschrecken. Seine Gier kennt keine Grenzen, aber er hält sich zurück.

Aksinja fordert ihn heraus. Sie erforscht mit ihren Fingern den Brustkorb, bis hinunter zu dem Dreieck. Der schmale Haarstreifen führt zu seinem stramm stehenden Geschlechtsteil. Sie sieht es sich genau an. Sie wendet und dreht den Penis. Dabei spurt sie die dicken Adern nach. Jonas glaubt zu vergehen. Es ist erotisch, alleine vom Zuschauen. Lusttropfen quellen hervor. Sie hält inne und tippt mit dem Zeigefinger drauf. Sein Schaft zuckt. Sie nimmt den Zeigefinger zu sich hoch und kostet die Feuchtigkeit. Sie sehen sich dabei fest in die Augen. Mein Gott! Ist das scharf! Jonas' Blickwinkel ist nur auf ihr Tun fokussiert. Aksinja findet den Penis faszinierend. Nicht, dass sie nicht schon vorher einen gesehen hätte. Aber jeder sieht anders aus. Der von Jonas ist lang, dick und seine Adern treten stark hervor… und er ist sehr erregt. Die Lusttropfen zeugen von seinem Verlangen auf sie. Sie will diese milchigen Tropfen kosten. Der nasse Zeigefinger hat Lust auf mehr gemacht.

Ohne weiter nachzudenken, beugt sie sich hinunter und leckt mit der Zunge über die Eichel. Jonas' lautes Aufstöhnen ermuntert sie zu viel mehr. Sie nimmt den

Schaft fester in die Hand und penetriert ihn ein paar Mal. Dann sieht sie verrucht lächelnd zu ihm hoch und fährt mit breiter Zunge den Schaft von unten nach oben entlang. Seine Augen sind fast schwarz. Sein Mund steht offen. Schwere Atemzüge heben seinen Brustkorb in kurzen Abständen. „Das ist sooo guut! Aksinja! Jaaa… Der Penis ist in ihrem Mund verschwunden. Die heiße, feuchte Höhle lässt ihn knurren. Er hat das Gefühl, als wüchse sein Schwanz ins Unermessliche. Dabei kann er nicht mehr größer werden. Er ist höchst erregt. Zuckend ergibt er sich ihrem feucht-heißen Mund… ihrer rauen Zunge, ihren saugenden Lippen… ihren zupackenden Finger… ihrem wippenden Kopf. „Ich kann es nicht mehr lange zurückhalten! Du musst mich freigeben, wenn du nicht willst, dass ich in dich spritze! Aah… Aksinjaaaa!" Wie ein Blitz, schnell und schlagartig schießt es auf ihn ein. Er sieht Sterne. Er kann es nicht mehr selbst steuern. Er spritzt ab. Er sieht an sich herab und sieht der Frau zu, die seinen Samen schluckt. Immer wieder nimmt sie seine Schübe auf und schleckt noch einmal über seine Eichel. Es scheint kein

Ende zu nehmen. Sie saugt an seinem Schwanz, als bekäme sie nicht genug von ihm. Dann leckt sie ihn noch sauber und setzt sich mit einem verruchten Gesichtsausdruck auf die Fersen zurück. „Du bist verrückt!" Er streichelt erschöpft über ihren Kopf und holt sie auf seinen Schoss herauf und hält sie fest an seinen Körper gedrückt. Sie sind in ihren Gedanken versunken. Kein Wort muss gesprochen werden. Sie müssen das soeben Erlebte verarbeiten. „Schläfst du heute bei mir?" fragt er sie leise in ihre blonden Locken hinein. Sie nickt nur mit dem Kopf. Er erhebt sich mit ihr und trägt sie dorthin, wo er sie die ganze Nacht in seinen Armen halten kann.

Am nächsten Morgen ist Jonas vor Aksinja wach. Still beobachtet er ihr Gesicht. Sie scheint noch zu schlafen. Sie wirkt entspannt. Sich näher an ihn schmiegend, weil er sich gerührt hat, legt er wieder den Arm um sie. Sie lächelt. Jetzt weiß er, dass sie schon munter ist. „Hey…" „Guten Morgen!" „Hast du gut geschlafen?", fragt er sie küssend. „Mhm…" Sofort küsst sie ihn zurück. Nicht lange und er schiebt sich über sie. Er bedeckt sie beinahe mit seinem ganzen

Körper und sie genießt es. Sie schlingt schnurrend ihre Arme um ihn und zieht ihn noch näher zu sich herunter. „Wir werden zu spät in die Arbeit kommen, wenn wir nicht gleich aufstehen…", meint er küssend. „Du wirst zu spät kommen. Ich bin noch nicht eingestellt…", murmelt sie. Auch wahr. Sie lockt ihn mit ihrer fraulichen Raffinesse, der er nicht widerstehen kann. Er tastet sie ab und landet schließlich auf ihrer Scham. Seine Finger suchen die Pussy und finden sie wirklich sehr feucht vor. „Ah… Was haben wir da?", neckt er sie. „Fick mich!" Er lacht. „Ja… ein wirklich guter Vorschlag…", grient er. Sein Schwanz jedenfalls hat auch nichts dagegen. Die Eichel stupst gegen ihren Kitzler und streift über die Schamlippen. Aksinja versucht mit einer Hand diesen neckenden Muskel einzufangen und ihn in die wahre Richtung zu lotsen. Dann kippt sie ihr Becken und er kommt langsam in den engen, nassen Kanal hinein. Er genießt jeden Zentimeter. Immer wieder spürt er, dass sie ihre Muskeln um seinen Schaft zusammenzieht. Es ist fantastisch! Irgendwann kommt er zum Ende der

Vagina. Er zieht sich wieder zurück und prescht dann schneller wieder vor. Er wiederholt diese Stöße mehrmals.

Aksinja hat ihre langen Beine um seine Hüften geschlungen und spornt ihn zu schnelleren Tun an. Er fängt an, sie hart zu penetrieren. Sein pfeifender Atem vermischt sich mit ihrem Keuchen. Er sieht ihr tief in die Augen. Ihr Gesicht ist gerötet. Ihr Mund offen. Ihre Lippen befeuchtet. Sie lockt ihn. Sie feuert ihn an und sie befriedigt ihn. Sie kommt ihm entgegen, indem sie ihr Becken emporhebt. Dann wieder zurück. Sie finden zu einem gemeinsamen schnellen Rhythmus, der zu einem Zittern in ihrer Vagina führen muss. „Jonas, bitte! Mach schneller! Ich… ich…" Er macht schneller und spürt ihre Anzeichen eines nahenden Höhepunkt. Er beginnt mit seinem Becken zu kreisen, was sie fast zum Schreien bringt. „Jooonaaas! Mein Gooott!" Immer wieder touchiert er den G-Punkt. Immer wieder schreit sie seinen Namen. Dann ist auch er soweit. „Komm! Aksinja… jetzt!" Sein Penis fängt an zu springen, aber ihre Kontraktionen halten ihn eisern fest. Sie klammert sich krampfhaft an seine Arme und überlässt sich den Empfindungen, die über sie jäh einstürzen.

Jonas kann nicht mehr. Er hat sich vorausgabt. Die geliebte Frau unter ihm hat den Kopf zurückgeworfen und er stürzt sich auf ihren gestreckten Hals hinunter. Ohne nachzudenken verbeißt er sich in ihre Halsbeuge und verstärkt so ihrer beider Orgasmen. „Aah…!" Sie bietet sich ihm regelrecht an. Er saugt und leckt an der Stelle bis alles vorbei ist und er keuchend auf sie fällt. „Ich krieg keine Luft! Jonas! Geh runter von mir!" Sie stemmt seinen Körper. Er ist verdammt schwer. Sie zwickt in seine Weichteile. „Aua! Wofür ist das denn?" In seinem Schmerz hat er sich weggerollt. Verwundert sieht er sie an. „Du hast mir die Luft abgedrückt!", schnauft sie. „Tut mir leid!" „Ist ja nichts passiert." Er sieht sie träumerisch an und bemerkt jetzt auch den großen blauen Fleck auf dem Hals. Es gefällt ihm. Aber wie wird sie reagieren, wenn sie ihn sieht?! Shit.

Achselzuckend springt er auf und geht ins Badezimmer. Zufrieden streckt er sein Gesicht unter den warm temperierten Wasserstrahl. Hände greifen um ihn herum. Er lächelt. Er geht zur Seite und lässt sie neben sich treten. Dann wäscht er sie. Schnurrend hält sie still. Eine heiße Dusche ist allemal besser als das kalte Becken im Urwald. „Ich muss mich beeilen! Sebastian wartet auf mich! Leider!", flüstert er ihr Ohrläppchen küssend und lutschend. Sie kichert und er lässt sie alleine zurück. Er muss sich beeilen. Das Frühstück fällt für ihn heute aus. Vielleicht kann Mike ihm ja was bringen.

Gute Zeiten, schlechte Zeiten

„Da bist du ja! Du bist spät! Carlos konnte nicht mehr warten. Er hat einen Termin beim Konsulat." Sebastian sieht ihn neugierig an. Sein Freund scheint gut aufgelegt zu sein. „Wer ist es?" „Hä?" „Wer oder was hat dich in so eine gute Stimmung versetzt?" Jonas lacht. „Aksinja…", verrät er in Gedanken an sie. „Mensch, wir wissen noch nicht einmal, ob die Mädels bleiben dürfen, …bei der Vergangenheit!", fügt Sebastian besorgt hinzu. Jonas Gesicht wird ausdruckslos. Er glaubt an Carlos … oder? Er ist sich nicht sicher. Aber er muss! Etwas anderes akzeptiert er nicht!

„Was liegt heute an?" Sebastian fläzt sich in einen Besucherstuhl. „Ich denke, dass die anderen Mädels kommen werden. Sie wollen arbeiten!" „Muss ich sie alle alleine befragen?!" „Ich denke schon. Es ist dein Aufgabenbereich, Seb! Ich habe viel anderes zu tun!" „… und das wäre?" Sebastian hat keine Lust, traumatisierten Frauen irgendeinen Job zu geben! Sie werden nicht einmal eine Ausbildung haben! Mein Gott! Die Firma braucht Fachpersonal! Sebastian sieht seinen Kumpel mit hochgezogenen Augenbrauen misstrauisch an. „Nadja… Ich muss die Verlobung auflösen! Ich kann sie nicht heiraten.", Punkt. Sebastian lacht. Wie lange hat er auf Jonas eingeredet, dass Nadja eine arrogante Schnepfe ist? Jetzt aus dem heiteren Himmel trennt er sich von ihr? „… und die Kohle?" „Scheiß auf die Kohle!", knurrt Jonas. Sebastian ist es egal. Sie kommen locker ohne Nadja und ihre Millionen aus. Ihm hat Jonas sowieso schon leidgetan, dass er sich an diese… diese Kuh gebunden hat. Aber noch ist nicht alles verloren. „Endlich bist du zur Vernunft gekommen! Aber nimm Carlos hinzu. Nicht, dass sie dich verklagt! Dieses Weib ist nicht zu unterschätzen!" …ein gut gemeinter Rat von dem besten Kumpel der Welt. „Das werde ich, Seb! Keine Sorge!" Sebastian schlägt sich auf die Knie. „Dann machen wir unsere Arbeit für heute. Treffen wir uns zum Lunch?" „Wir werden sehen…" Dann ist Jonas alleine. Er drückt die Sprechanlage. „Mike, könntest du mir einen großen starken Kaffee mit einem Bagel bringen?

Ich habe heute noch nicht gefrühstückt!"
„Geht klar, Boss!" Jonas lehnt sich
zurück. Seine Gedanken sind bei seinem
bevorstehenden Gespräch mit Nadja.
Seufzend wählt er ihre Nummer.

„Hello my Love! Welche Freude, dich zu
hören!" „Nadja! Ich muss mit dir
sprechen! Kannst du heute Vormittag in
mein Büro kommen? Ich gebe unten
Bescheid." Nadja braucht eine
Besucherkarte. Niemand, nicht einmal
die Verlobte eines CEO darf ohne dieser
Berechtigung das Unternehmen
besuchen. „Mein Lieber! Ich muss erst
einmal nachsehen, ob ich nicht einen
Termin zu einer Beauty Behandlung
habe!" Er verdreht die Augen. Sie lässt
ihn absichtlich warten. Seine Geduld wird
auf einen harte Probe gestellt. Zum Glück
für Nadja, kommt Mike mit dem Kaffee
und dem Bagel herein, sonst hätte Jonas
die Verlobung am Telefon aufgekündigt.
Nebenbei flüstert Jonas, mit der Hand auf
dem Lautsprecher mit Mike. „Bitte ordere
eine Besucherkarte für Nadja an. Du
weißt schon, meine Noch Verlobte!"
Mike hebt bei ‚Noch Verlobte' überrascht
die Augenbrauen. Sollte sein Boss zur

Vernunft gekommen sein? Mike grinst und geht hinaus.

„Süßer, du hast Glück! Ich habe Zeit! Was schwebt dir denn so vor?“, schmeichelt sie mit absichtlich tiefer und vermeintlich, erotischer Stimme. Jonas verdreht schon wieder die Augen. Sex zwischen ihnen ist ein Fremdwort geworden. Schon lange vor seiner Flucht in den Urwald hatte es keinen mehr gegeben. Er hat keine Lust mehr auf ein Stelldichein mit diesem Weib! Er schüttelt sich. „Warum kommst du vorerst nicht in mein Büro …so gegen Mittag?“ Er hat absichtlich keine Einladung zum Essen ausgesprochen. Die Auflösung der Verlobung wird auf jeden Fall im Büro geschehen. Was dann ist, kann er jetzt noch nicht einschätzen. Es kann alles passieren. Er ist froh, wenn diese Sache vorbei ist.

Bei Sebastian läuft es besser. Er ist guter Laune. Vor ihm sitzen Eira, Jannika und Florence. Die drei Damen sind wirklich lustig. Inzwischen hat er herausgefunden, dass Eira am liebsten studieren möchte und was soll es anderes sein als Medizin? Florence möchte mit vielen Leuten zusammenkommen, aber sie weiß nicht so recht, was sie eigentlich kann und Jannika ist gut im Handwerken, was sie auch sehr gerne tut, wie sie ihm versichert hat. Zurzeit geben sie viele Anekdoten aus der Zeit im Urwald zum Besten. Selten hat Sebastian so viel gelacht. Dennoch ist er froh, dass er nicht dort gewesen ist, denn das Leben dürfte alles andere als einfach gewesen sein.

Er erinnert sich an seine Jugendzeit. Er war bei einem Überlebenstraining mit Freunden eingeladen. Er hat Glück, dass er hier mit diesen drei netten Mädels noch sitzen darf. Der Trip durch den russischen Urwald hatte seinen Schutzengel mehrmals auf eine harte Probe gestellt! Mit Schaudern denkt er daran zurück und widmet sich wieder der Gegenwart….

„Ja es war gefährlich. Aber wir hatten viele Sicherheitsmaßnahmen gesetzt. Wie zum Beispiel, dass niemand alleine herumstreifen darf. Wir mussten uns auf unsere Stärken konzentrieren und wir versuchten alles gemeinsam zu lösen und sich nicht gegenseitig zu beschuldigen. Es hatte auch Strafen gegeben und die waren zu akzeptieren." Sebastian ist voller Ehrfurcht vor den Frauen. Viele Jahre der Enthaltsamkeit hat sie zusammen geschweißt.

„Tja, was machen wir jetzt mit Euch? Eira, ich denke, dass Jonas dir sicher den Weg zur Uni ebnen wird. Aber vielleicht willst du unsere medizinische Notfalls Schwester sein, bis du Ärztin bist? Natürlich bei freier Zeiteinteilung? Wir mussten bis jetzt immer einen Arzt von außen holen, oder einen Krankenwagen rufen. „Das wäre wunderbar! Ich danke dir!" Er ist zufrieden. Sebastian sieht Jannika an. „Du hast Glück! Unser Hausmeister ist schon etwas älter. Er könnte dir so einiges zeigen, was so im Haus anfällt. Wie zum Beispiel die Elektrik, Tischlerarbeiten, und so weiter. Wäre das etwas für dich?" Jannika grinst. „Sicher, ich möchte nur nicht mit einem Griesgram auskommen müssen!" „Das ist er nicht! Ich gehe nachher mit euch an eure Arbeitsplätze." „Was ist mit mir?" Florence sieht ihn erwartungsvoll an. Ihre grünen Augen sind weit aufgerissen, als erwarte sie den Osterhasen. Blaue Augen versinken in Grüne. Der Moment scheint still zu stehen. Eira und Jannika spüren die Verbindung. Zuerst Aksinja, dann

Florence? Sie lächeln sich an. Ihre Anwesenheit scheint unter einem guten Stern zu sein. „Ich weiß nicht, ob ich dir so einen Job zumuten kann!" „Ja…?" „Tja, ich weiß, dass du gerne viele Menschen kennen lernen möchtest. Da gibt es nur einen Job…" Sebastian sieht sie gebannt an. Ihr Mund ist leicht offen. Sie leckt sich über die Lippen. Sofort zucken seine Augen dorthin. „Als Postbotin? Du müsstest die Post in alle zuständigen Abteilungen bringen und eventuell auch kleine Aufträge erledigen. Wäre das etwas für dich?" „Ja warum nicht?" Sie denkt scharf nach. Ihre kleinen Denkerfalten auf der Stirn faszinieren ihn voll und ganz. „Ja, ich glaube, das ist etwas für mich!" Ihr Gesicht fängt an zu strahlen. Er ist baff… als würde die Sonne aufgehen!

Eira räuspert sich. „Wenn wir hier fertig sind, könntest du uns in die Abteilungen bringen?" Sebastian zuckt zusammen. Mannomann! Dieses Weib! Wahnsinn! Er stützt sich auf seinem Tisch ab und kommt hervor. Verlegen richtet er sein Sakko und schließt einen Knopf. Er geht voraus und öffnet den drei Damen die Tür. „Mike, ich zeige den Damen ihren

Tätigkeitsbereich. Wenn etwas ist, du erreichst mich auf dem Handy." „Alles klar, Boss!" Zuerst suchen sie den Hausmeister auf. Zu dieser Zeit ist er noch in seinem Büro. „Sebastian, was bringst du mir da für Schönheiten mit?" Der weißhaarige alte Mann wirkt wie ein Großvater, der seine geliebten Enkelkinder empfängt. Jannika weiß jetzt schon, dass sie mit diesem Mann gut auskommen wird. „Sieh mal John, das ist Jannika. Sie liebt es mit ihren Händen zu arbeiten und ist sich nicht zu schade, fest anzupacken. Bring ihr alles bei, was es in diesem Gebäude zu tun gibt. Alles. Auch das Schriftliche." John grinst von einem Ohr zum anderen, wobei sein nicht ganz lückenloses Gebiss zum Vorschein kommt.

Sebastian geht mit Eira und Florence weiter. Sie erreichen die Poststelle. Hier geht es drunter und drüber. Florence bekommt ganz große Augen. „Ach du liebes Bisschen! Hier geht es zu wie in einem Taubenschlag!" Florence zuckt zurück, als ein junger Mann, ohne aufzupassen, die junge Frau anrempelt. Erschreckt steigt sie einen Schritt zurück und prallt gegen Sebastian. „Oh!" Er hat sie augenblicklich festgehalten, sodass sie nicht zu Fall kommt. „Pass doch auf junger Mann!" „Sorry!", …und der Mann ist weg. Florence fühlt sich wohl mit dem beschützenden Arm um ihre Taille und genießt es in aller Stille. Sebastian hat zu tun, dass er nicht auf falsche Gedanken kommt. „Äh… ja dann… hier ist dein Arbeitsplatz.", räuspert er sich.

„Sebastian, schön dich zu sehen!" „Hi Mirjam! Ich bringe dir Verstärkung mit! Das ist Florence! Sie kann die Post im Gebäude austragen." Er hat Florence inzwischen wieder los gelassen, was sie sehr schade gefunden hat. „Gott sei gedankt! Wir suchen immer wieder Leute! Ich hoffe du bist eine starke Frau! Hier geht es immer so zu! Starke Nerven ist das Zauberwort. Glaubst du, dass du ein Nervenkostüm aus Stahl besitzt?", zweifelnd sieht Mirjam diese zarte Frau genauer an. „Sie werden sehen, was ich alles zustande bringe, Mirjam!", ist sich Florence sicher. Insgeheim fragt sie sich, ob sie den tagtäglichen Wirbel wohl aushalten wird können. Wir werden sehen… „Ich lass sie dir jetzt erst einmal da. Bitte verlange nicht zu viel. Sie bedeutet Jonas und mir sehr viel." Mirjam sieht in scharf an. Aber er lässt sich nichts ankennen. Absichtlich hat er Jonas Namen mitgenommen.

Während Sebastian seinen Spaß bei der Arbeitssuche für die drei Damen hatte, ist Jonas' Laune auf dem Tiefpunkt. Nadja müsste eigentlich schon da sein. Aber wie immer, kommt sie zu spät. Er versucht sich mit Arbeit abzulenken und scheitert. Das Telefon klingelt. „Jonas, Esposito hier. Ich habe gute Neuigkeiten. Hast du Zeit?" „Ähm… Nadja sollte schon hier sein. Aber du kennst sie ja. Sie ist verspätet!" Jonas knurrt mehr, als dass er es sagt. „…aber ja! Du kannst kommen. Vielleicht ist es ganz gut, wenn du bei unserer Besprechung dabei bist? Ich will unsere Verlobung auflösen!" „Ich komme!" Carlos muss schon im Vorzimmer gewesen sein. Er klopft unmittelbar danach an die Tür seines Arbeitgebers. „Ciao!" Carlos setzt sich ohne Aufforderung in den Besucherstuhl und wartet ab, bis er die volle Aufmerksamkeit bekommt. „Welche Neuigkeiten hast du für mich?" „Aksinja, Olga und Irina dürfen bleiben! Das Konsulat hebt ihre Vermutung des Terrorismus auf. Es kostet dich natürlich eine Menge!" Carlos lehnt sich zufrieden zurück. Er ist sich sicher, dass er gute Arbeit geleistet hat. „Mensch, das ging aber schnell! Ich danke dir! Die Mädels werden sich riesig freuen! Dürfen sie jetzt einer Arbeit nachgehen?" „Ja, aber nur wenn du für sie bürgst! Das ist eine heikle Angelegenheit. Ich war natürlich auch beim amerikanischen Konsulat. Sie raten dir dringlich, dass sich die drei Damen nichts zuschulden kommen lassen, sonst sind sie schneller wieder in Russland, als sie glauben!" Jonas ist erleichtert, dennoch sieht er es nicht so einfach. Besonders Olga ist eine sehr leicht reizbare Person, was sie schon kürzlich bewiesen hat. „Außerdem müssen alle drei einen Antiaggressionskurs absolvieren, der von dem Trainer hart dokumentiert werden wird. Anschließend werden sie von den Behörden noch geprüft. Die vereinigten Staaten Amerika wollen auf Nummer sicher gehen." Jonas nickt. „Wie lange wird das Procedere dauern? „Schwer zu sagen… ein Jahr… zwei…" Carlos zuckt die Schultern. „Natürlich werde ich dran bleiben und den Prozess zu beschleunigen versuchen. „Danke, Carlos!" Die Sprechanlage summt. „Mike?" „Boss, ihre Verlobte ist hier!", sagt der Assistent mit Grabesstimme. „Lass sie herein und bring uns dreien einen Kaffee!" „Jawohl Boss!"

Die Tür geht auf und Nadja rauscht mit einer aufdringlichen Note Parfum an Mike vorbei. „Liebster!" Sie kommt auf Jonas zu, der inzwischen höflichkeitshalber von seiner Komfortzone hinter dem Schreibtisch hervorgekommen ist. „Nadja! Schön, dass du Zeit für mich hast!", schmeichelt er ihr und dirigiert sie sofort zu den gemütlichen Polstermöbel nahe der Fensterfront. Er hofft auf ein schnelles Ende der Besprechung. Aber da wird er wohl umsonst hoffen müssen… „Nadja, das ist Carlos Esposito!" Sie kennt den Mann in seiner Eigenschaft als Anwalt noch nicht. Er sieht gut aus, denkt sie sich. Aber sie reißt sich zusammen, bevor sie mit ihren falschen langen Wimpern zu klimpern anfängt. Dennoch reicht sie ihm anmutig die Hand und nickt einmal mit dem Kopf. „Es freut mich Sie kennen zu lernen, Nadja!" Carlos kann ein richtiger Charmeur der alten Schule sein. Sein Lächeln zieht durch ihren Körper hindurch und setzt sie in Flammen.

Irritiert nimmt sie abrupt ihre Hand aus seiner und schlägt verlegen die Beine übereinander. Himmel! Sie wendet sich hüstelnd Jonas zu, der von dem allem nichts mitbekommen hat. „Also, Jonas! Was war heute so dringend, dass ich einen Termin absagen musste!" Dass dem so ist, glaubt Jonas keine Sekunde lang, aber er sieht sie freundlich an. Die nächsten Worte werden sie in einen Schock versetzen. Es muss sein…

„Nadja, es tut mir leid, aber… ich muss die Verlobung mit dir auflösen!" Nadja erstarrt. Zweifelnd sieht sie von Jonas zu Carlos, der sich etwas zurückgezogen hat und sich tief in die Polster drückt. Dennoch beobachtet er diese Frau. Ihre Miene wechselt von starr… ungläubig… zu böse. Aah…! Er hat sich in ihr nicht geirrt. Diese Frau wird noch einige Schwierigkeiten bereiten! Er bleibt weiterhin still und studiert ihr Verhalten. Er bereitet schon einmal im Stillen ein Plädoyer für das Gericht vor. Das Geschrei einer enttäuschten Frau bleibt nicht aus. „Was?! Das meinst du doch nicht im Ernst? Jonas! Wir hatten doch eine gute Beziehung!", jammert sie. Sie stutzt. „Ist es eine andere? Sag es mir!"

Scharf mustert sie ihn von oben bis unten. Dann kommt ihr eine Erinnerung an eine Frau, die Frau, die in das Zimmer geplatzt ist und gefragt hat, wer ich bin? „Ist es die Frau in deinem Haus? Wie hieß sie doch gleich? Frances?" „Florence!", wirft Jonas berichtigend dazwischen. „Florence! Wie lange geht das schon?" Nadjas Stimme wird schriller. „Ich habe nichts mit Florence!" „Oh mein Gott! Wegen diesem Flittchen, willst du mich aufgeben?" Sie hat nicht richtig zugehört und geht noch davon aus, dass Florence ihre Nachfolgerin ist. Jonas seufzt. Er lässt sie weitermachen und er weiß, sie wird sich nicht so schnell beruhigen... Nadja springt erbost auf und tigert kreischend mit ihren High Heels auf dem flauschigen Teppich auf und ab. Dabei knickt sie ein paar Mal ein, aber sie hält sich resolut auf den Beinen. Jonas reibt sich beinahe verzweifelt mit den Händen über sein Gesicht und schaltet auf Durchlauf. Sein Kopf schmerzt. Er ahnt, dass er nicht so leicht davonkommen wird und guckt zwischen seinen Fingern zu Carlos. Immerhin. Sein Anwalt nickt ihm beruhigend zu. Er macht das schon. Dennoch ist Jonas nicht restlos von seinen Fähigkeiten in diesem Falle überzeugt. Es wird ihn eine Stange Geld kosten. Außerdem wird er sich mit ihrem Vater auseinander setzen müssen. Scheiße!

„Was bildest du dir ein, wer du bist?!", zetert sie, als sie wieder einmal vor ihm steht. Ihr Zeigefinger zeigt drohend auf ihren Peiniger. Sie dreht wieder um, als sie nur dieses ausdruckslose Gesicht von Jonas sieht. Aufschreiend und mit wild wedelnden Armen steigt sie über den Teppich und knickt wieder leicht ein. „Aah…! Jetzt habe ich mir die Schuhe ruiniert… Alles ist deine schuld! Du… du… Arschloch!" Verärgert strampelt sie beide eleganten Pumps ab, dreht um und wirft einen bösen, beinahe verletzten Blick nach Jonas. Dann bleibt sie am Schreibtisch stehen und stützt sich ab. Ihr Atem geht stoßweise durch ihre Lungen. Ihr Kopf ist gesenkt, als wäre sie erschöpft. Dann tut sie etwas, was nur Carlos voraussehen kann, weil er sie ständig bewundernd beobachtet hat. Ihm gefällt ihr Temperament… ihre Zügellosigkeit… Sie ist ein Energiebündel, das ihn fasziniert. Aber er muss einschreiten, bevor sie etwas tut, was Konsequenzen für sie und für Jonas haben könnte. „Halt!", ruft er schneidend dazwischen. Sie hält kurz inne. Jonas sieht auf. Er hat die Tragweite noch nicht durchschaut. Er sieht fragend zu Carlos. Mit dem spitzen Brieföffner in der Hand, will sie nun auf ihren Exverlobten losgehen! Ihr Blick ist hasserfüllt. Das kann Carlos auf keinen Fall zulassen und springt auf, als sie auf seinen Einwand in keinster Weise reagiert. Er schnappt ihre Hand, drückt ihn nach oben und legt seinen anderen Arm um ihre Taille, um sie zu stabilisieren. „Das wollen Sie nicht wirklich, meine Liebe!", flüstert er in ihr Ohr und grient sie strahlend an. „Lass mich!" Sie sieht Carlos mit einem schmerzlichen Blick an und stockt. Dieser Mann… Er hat was. Dieses Strahlegebiss… diese Fältchen rund um seine Augen, wenn er lacht… Sie fühlt sich beschützt in seiner Umarmung und lässt sich erschöpft an seinen Körper sinken. Sie kann einfach nicht anders. Carlos spürt die Veränderung, die diese wunderbare, energiegeladene Frau in seinem Arm durchmacht. Vorsichtig entnimmt er den spitzen Brieföffner aus ihrer Hand und lässt ihn zu Boden fallen.

„Haben Sie italienische Vorfahren, meine Liebe?", fragt er sie, nicht wirklich annehmend, dass dem so ist. Umso überraschter ist er über ihre Antwort. „Meine Mutter ist Italienerin.", stammelt sie. „Aah… das ist ja interessant! Wollen Sie mit mir Essen gehen? Ich denke, dass Jonas gerne seinen Platz an mich abtreten wird." Die Wendung der äußerst prekären Situation macht sie unsicher, also nickt sie vorerst. „Ähem… ja…", …und nickt, nicht mehr fähig noch ein klares Wort hervorzubringen. „Dann meine Liebe, machen wir uns auf den Weg." Er hakt die verdatterte Nadja unter und winkt Jonas grinsend zu. Die Tür fällt leise hinter ihnen zu.

Jonas kann es kaum glauben, was hier abgeht. Fassungslos, welche Show zuerst Nadja, dann Carlos vor ihm abgezogen haben, lässt ihn regungslos sitzen bleiben und hin und wieder den Kopf schütteln. Nadja wollte ihn mit einem Brieföffner erstechen! Carlos und Nadja? Wo führt das noch hin? Seine Gedanken fahren Achterbahn. „Boss? Der Kaffee!" Jonas sieht ihn verloren an und krächzt schließlich mit Grabesstimme. „Gib her und bring den verdammten Scotch mit!"

Mike überreicht ihm das Tablett mit den drei Tassen und holt die Flasche Scotch aus der Bar. „Setz dich und trink Kaffee mit mir! Scotch?", fragt Jonas seinen Assistenten. Obwohl Mike mit Alkohol nichts am Hut hat, nickt er. Sein Boss sieht etwas erschöpft aus. „Na… ja… Da war mal was los!", meint Mike sarkastisch, aber doch neugierig. Er hat immerhin die Erregung Nadjas, von seinem Büroplatz im Vorzimmer, mitbekommen. „Mhm!" Jonas ist noch ganz durchdrungen von diesem einschneidenden Erlebnis. „Ich habe die Verlobung gelöst!", murmelt er in seine Tasse stierend. Die Stille ist erschreckend, aber doch wohltuend, nach diesem schrecklichen Chaos. Mike sieht seinem Boss zu, wie er Scotch aus der Flasche trinkt, anstatt diesen in die Tasse zu schütten. Irgendwann hat Jonas seinen Kaffee in einem Zug entleert und Mike sammelt eifrig alle Tassen ein und entfernt sich entschuldigend, dass viel Arbeit auf ihn warte. Erleichtert geht er sofort in die kleine Küche nebenan und entleert den restlichen Scotch durchtränkten Kaffee. Sein Boss hat es gut gemeint und ordentlich ausgeteilt.

Angeekelt entleert Mike den noch übrig gebliebenen Kaffee in den Abfluss. „Wie kann man nur so ein Gesöff trinken?!", brummt er abschätzig in sich hinein.

Arbeitseifer

Jonas hingegen lehnt noch immer erschöpft in den Polstern und schöpft neue Energien aus der wohltuenden Stille. Er schließt die Augen. Im nächsten Moment wird er aus dem schwebenden Zustand grob herausgerissen. Er stöhnt gequält auf. „Jonas, die Post ist da!" Florence trällernde Stimme reißt ihn erbarmungslos aus dem kleinen meditativen Schlummer heraus. „Mein Gott, Florence! Du hast mich erschreckt!" „Oh… entschuldige! Ich habe dir die Post gebracht!" Ihr Blick ist aufgeregt, ihr Gesicht zeigt eine leichte Röte, als wäre sie schon den ganzen Tag unterwegs. Sie sieht sehr geschäftig aus. Irritiert blickt er auf. Seit wann bekommt er die Post persönlich? Normalerweise nimmt sie Mike entgegen und bringt ihm nur das Wichtigste?! Aber er zeigt wortlos auf seinen Schreibtisch, damit sie dort ihre Handvoll Briefe ablegt. „Wie gefällt dir deine Arbeit?", fragt er, obwohl er lieber keine Konversation führen möchte. Seine nächste Besprechung fängt bald an und er wollte sich bis dahin beruhigen. Nadja ist eine anstrengende Frau und heute hat sie den Vogel abgeschossen! „Es war so lieb von Sebastian, dass er mir diese Stelle zugewiesen hat! Es ist soo aufregend! Die Leute sind soo nett! Du glaubst gar nicht, wie ich es vermisst habe, mit den Menschen zu reden! Ich bin soo glücklich!" „Das freut mich Florence! Können wir beim Abendessen darüber weitersprechen? Ich habe bald eine Konferenz und muss mich mental darauf vorbereiten!" „Jonas, ich bin schon weg!" Summend eilt sie wieder hinaus und schließt die Tür leise hinter sich zu. Dann hört er, dass sie sich mit Mike unterhält. Jonas lächelt. Sie ist wirklich eine erfrischende und liebenswerte Frau! Der Mann, den sie lieben wird, beglückwünscht er heute schon im Stillen.

Nun kommt Sebastian herein. „Hallo, wie ist es gelaufen?" „Hmpf!" „So schlimm?" Jonas geht nicht weiter darauf ein. Das Gespräch mit einem wichtigen Kunden liegt an. Sie gehen zum Geschäft über. Niemals wird eine Unterredung, oder Besprechung ohne einen der beiden ablaufen. Sie ergänzen sich in jeder Weise. Zu zweit sind sie einfach unschlagbar. „Was hast du?" Jonas und Sebastian gehen die einzelnen Punkte durch…

Jannika geht mit ihrem Boss durch die Gänge, um die Elektrik zu prüfen. „John, du bist wirklich ein netter Mann! Ich danke dir, dass du mir alles zeigen willst!" „Ach Kindchen! Du siehst ja, ich bin alt. Ich gehe bald in Rente und habe noch keinen Nachfolger! Dich schickt der Himmel! Du bist geschickt und du hast gute Augen! Komm, wir sehen nach, ob noch alle Lampen in Ordnung sind und checken gleich die Alarmanlage! Dabei kann ich dich auch gleich allen Mitarbeitern vorstellen!" Jannika ist froh, diesen angenehmen Mann als Boss zu haben und geht frohgemut neben ihm einher. „John, sieh mal, diese Notleuchte müsste an sein, nicht wahr?" „Du hast recht, Jannika! Siehst du, ich kann froh sein, dich zu haben. Ich hätte es jetzt glatt übersehen!" Jannika lacht fröhlich über sein betont klägliches Geständnis. Er schafft ihr an, dass sie es notieren soll, damit sie später diesen Missfall bereinigen können. Unterwegs begegnen sie Florence. „Hallo! Ich habe Post für dich, John!" „Oh… ja… kannst du es mir in das Büro legen, Florence? Ich sehe sie mir später an." „Natürlich, John! Es ist soo aufregend! Jannika, wie gefällt dir deine Arbeit?" Jannika lacht. Florence scheint ihr so aufgeregt zu sein, dass sie nicht stillhalten kann. Wenn ihre Beine stillstehen, so sind es ihre Arme, die in Bewegung sind. Vor allem ist es ihre Stimme, die hell durch die Gänge schallt.

Jannika und John gehen weiter und er stellt sie in jeder Abteilung vor. Dann gehen sie wieder in ihr Büro zurück und Jonas sieht sie von oben bis unten an. „Mir scheint, dass du eine angemessene Kleidung brauchst. Ein Kleid ist für die Arbeit einer Handwerkerin denkbar ungeeignet." Sie nickt. „Ich sehe zu, dass ich eine Hose bekomme!" „Nein! Ich rufe jetzt Mike an. Vielleicht bekommen wir einen passenden Arbeitsoverall für dich!" Er wählt an. „Hey Mike! Hier ist John! Jannika, meine neue Assistentin braucht einen passenden Arbeitsoverall!" „Klar! Sie soll hierher kommen! Ich habe einige vorrätig. Vielleicht passt einer!" „Okay, ich bringe dir meine neue Mitarbeiterin!"

Zu Jannika meint John. „Komm, wir gehen zur Chefetage!" Jannika grinst.

Bald betreten sie das Vorzimmer des CEO. Jannika sieht sich um. Sie war hier schon einmal bei Sebastian. Wo ist Jonas? „Hallo Mike!", begrüßt sie ihn. „Jannika! Freue mich dich wieder zu sehen! Wie geht es dir mit John?" „Danke! Sehr gut!" „Komm mit, ich habe noch ein paar Overalls. Der eine könnte dir vielleicht passen." Er sieht sie kurz von oben bis unten an und winkt ihr. Unterwegs nimmt er einen kleinen Stoß, mit der, in Zellophan verpackten Arbeitskleidung, unter den Arm und führt sie in das große Büro Jonas'. „Das ist das Büro vom CEO. Er ist gerade in einer Konferenz. Du kannst die Overalls hier probieren. Aber fass nichts an!" Er legt die Kleidung auf den Couchtisch und lässt sie alleine. Neugierig sieht sie sich um. Dieses Büro ist riesig! Die Fensterfront ist riesig! Sie fürchtet, wenn sie sich auszieht, können die Menschen im gegenüberstehenden Haus sie sehen. Sie drückt sich an die Wand und zieht sich schließlich bis zur Unterwäsche aus. Dann prüft sie die Größenangaben der Overalls und nimmt sich die kleinste Größe und fängt an das Zellophanpapier aufzureißen. Die Tür geht auf und schnell wieder zu. „Wer ist diese Frau in meinem Büro, verdammt noch einmal!" Jonas geht verärgert zu Mikes Schreibtisch. „Oh, entschuldige Boss! Ich habe Jannika erlaubt, dein Büro als Umkleide zu nehmen. Ich dachte, dass du nichts dagegen hast?!" Jonas schnaubt. Wie sollte er etwas dagegen haben, denkt sich Jonas ironisch und verdreht die Augen. „Boss…?", unsicher steht Mike vor ihm. Jonas macht kehrt und geht nach kurzem Anklopfen doch wieder in sein Heiligstes. Jannika sollte sich besser beeilt haben!

„Jonas! Du hast mich erschreckt, stellt Jannika klar. „Wie sollte ich wissen, dass Mike mein Büro als Umkleide zur Verfügung stellt?" Jonas ist in Eile. Er hat einige Unterlagen für seine Konferenz hier liegen gelassen. Außerdem hat er Luft gebraucht. Der Kunde raubt ihm den letzten Nerv. „Ich bin gleich wieder weg! Nur keine Eile, Jannika! Bis später!", …und er ist wieder draußen. Die Achsel zuckend, zieht sie den Reißverschluss in die Höhe und nimmt zufrieden die anderen Pakete, mit ihrer eigenen Kleidung, unter ihre Achsel. Sie hat einen passenden Overall gefunden. Sie geht hinaus und präsentiert sich. Neckisch dreht sie sich einmal um die eigene Achse. „… und wie sehe ich aus?" „Fantastisch!" „Toll!" sind sich John und Mike einig. Mike reicht ihr eine Tüte für ihre eigene Kleidung und sie verlässt mit John das Vorzimmer des CEO, um ihrer eigenen Arbeit nachzugehen.

Eira ist langweilig, nachdem sie selbstständig die verschiedenen Abteilungen besucht hat. Als Heilerin des Dorfes kann sie hier nicht viel machen. Sie braucht eine Ausbildung, die in der modernen Welt angemessen ist. Sie will Jonas aufsuchen, um ihn zu fragen, wie es mit ihr weitergehen soll, aber landet schließlich bei Mike. „Er und Sebastian sind in einer Konferenz mit einem wichtigen Kunden. Ich kann nicht sagen, wie lange es dauern wird. Leider!", fügt er noch bedauernd hinzu. Sie seufzt und versichert ihm, dass sie warten könne. Sie blättert sich durch die aufliegenden Zeitschriften und sieht sich immer wieder um. Die einzige Zerstreuung sind die Menschen, die hier dann und wann ein- und ausmarschieren. Mike fragt sie, ob sie mit ihm zu einem verspäteten Mittagessen gehen möchte. Sie willigt ein. Er scheint sympathisch zu sein. Sie gehen in das hauseigene Bistro. Viel los ist hier auch nicht. Die Mittagszeit ist weitgehendst zu Ende. Sie bestellen sich eine Kleinigkeit zu Essen und zu Trinken. „Erzähl mir was von dir!", fordert Mike auf. Er ist neugierig auf die drei hübschen Frauen, die anscheinend unter den Fittichen seines Bosses stehen. „Was willst du wissen?", sie sieht ihn aufmerksam an. „Tja, was verbindet dich, Jannika und Florence mit dem Boss, zum Beispiel?" Sie denkt nach. „Wir haben eine gemeinsame und wahnsinnig prägende Zeit… sehr lange Zeit gehabt.", meint sie sinnierend. Er sieht sie durchdringend an. Er wittert eine aufregende Story. „Wie meinst du das?" „John ist damals zu uns in den Wald gestoßen. Wir haben ihn aufgenommen!" „Aah… jaa…?" Mike ist gespannt. Was hat sein Boss so alles getrieben, als er nicht da war? „Irgendwann hat er uns geholfen, aus dem Wald zu kommen!", kürzt Eira achselzuckend die Story ab. Sie denkt nicht daran, Details auszuplaudern! Mike lehnt sich enttäuscht zurück. Spannend ist anders! Aber er weiß, wann er sich zurückziehen muss. Bald gehen sie wieder ins Büro.

Jonas ist schon da. „Wo wart ihr?"
„Mittagessen, Boss!", antwortet Mike
fröhlich. Misstrauisch blickt er die beiden
an. Eiras Gesicht ist ausdruckslos und
Mikes ist betont fröhlich. Jonas schüttelt
den Kopf. „Ich fahre nach Hause! Eira
kommst du mit?" „Gerne!" Gemeinsam
gehen sie vor das Haus, wo die Limousine
mit Andrew, dem jungen und einzigen
Chauffeur von William J. Enterprises
wartet. „Mike ist ein fröhlicher Junge!",
meint Eira. „Ja und ein sehr tüchtiger
Assistent. …Hast du was mit ihm?!"
Jonas würde ungern Ärger deswegen
haben. „Nein! Aber er ist neugierig über
die Zeit, die wir im Urwald verbracht
haben…" „Was hast du ihm erzählt?"
„Nichts. Nur, dass wir dich
aufgenommen haben." Sie schweigen
wieder. „Hast du keine passende
Tätigkeit im Unternehmen gefunden,
Eira?" „Ich habe mit Sebastian
gesprochen. Ich möchte gerne Medizin
studieren." „Kein Problem. Du müsstest
dich allerdings auf einer Universität
deiner Wahl bewerben!" „Ja… kannst du
mir jemanden empfehlen, der sich dabei
auskennt?" Eira runzelt die Stirn. Hier
kommt mächtig viel Arbeit auf sie zu. „Ja,

ich kenne da jemanden… ich werde dich mit ihm bekannt machen." Sie fahren schweigend weiter.

Gute Neuigkeiten

„Antoine! Wo sind Aksinja, Olga und Irina?" Eigentlich will Jonas nur wissen, wo Aksinja ist. Er braucht einen Kuss… eine Ablenkung… Vergessen. Seine Gedanken fahren heute Achterbahn. Zuerst hat Nadja, dann der Kunde, ihm den letzten Nerv gezogen! Genervt fährt er sich über die Stirn. „Die Damen sind im Wellnessbereich, Herr Jonas!" Dann wendet er sich Eira zu. „Meine liebe Eira! Einen wunderschönen guten Tag. Ich freue mich Sie zu sehen!" Eira lacht. Der Butler ist ein richtiger Charmeur der alten Schule! Sie hakt sich bei ihm ein und lässt sich in den Salon führen. „Ihnen auch, Antoine!", sagt sie bescheiden. Sie fühlt sich immer wohl in seiner Gegenwart. Jonas ist inzwischen direkt in den Wellnessbereich geeilt. Kurz blickt er auf die drei nackten, gemütlich in Liegestühlen ausgestreckten Ladies. „Hey…!" „Jonas! Komm rein und mach es dir gemütlich!", meint Olga anzüglich. Er reagiert nicht auf ihre Worte und hat nur Aksinja im Visier. „Geht raus und stört uns nicht!" Seine

Worte sind barsch an Olga und Irina gerichtet. Mit hochgezogenen Augenbrauen blicken sich die beiden Frauen an. Sie wissen jedes Detail von Jonas und Aksinja. Sie hat es ihnen erzählt. Betont langsam stehen sie auf und strecken sich. Aber Jonas stiert nur Aksinja an, die mit ihren schlanken Gliedern vor ihm auf der Liege liegt. Kein Detail bleibt ihm verborgen…

Ihr einladendes Lächeln zieht ihn magisch an. Ihre überkreuzten Beine legt sie jetzt nebeneinander. Ihre Hände sind hinter dem Kopf verschränkt. Sie ist die Versuchung pur. Jonas beginnt sich zu entspannen. Olga und Irina sind längst verschwunden. Aksinja leckt sich über die Lippen und stellt die Beine auf, weit genug auseinander, dass ihm dabei nichts entgeht. Sein Blick fällt auf den größeren Spalt und direkt auf die Pussy. Sie glänzt. Jonas fängt an, sich einiger störenden Kleidung zu entledigen… vor ihr stehend und den Blick auf ihr haftend. Sie spreizt die Beine noch weiter. Ihre Hand legt sich auf ihre Scham. Die andere auf ihre eine Brust. Jonas Hände werden schneller. Die Hose, die Socken, die Schuhe… das Hemd und die Krawatte liegen längst zu seinen Füßen. Aksinja blickt an ihm herab. Ihre Lippen leckend, sieht sie auf seinen bereits stramm stehenden Schwanz. Ihre Finger verwöhnen ihren Kitzler. Sie holt sich Feuchtigkeit aus ihrer klatschnassen Pussy und fährt mit ihrem erregenden Tun fort. Der Penis zuckt. Zu gern würde er... Aber er sieht zu. Seine Faust umschließt seinen Schaft und pumpt ihn einmal... zweimal... und noch einmal. Aksinja bäumt sich wimmernd auf. Der Anblick raubt ihr den Atem. Mit dem gekrümmten Zeigefinger lockt sie ihn zu sich und spreizt nun ihre Beine in der Luft. Sie bietet sich ihm schamlos an. Langsam, sich immer noch selbst verwöhnend, kommt er näher und senkt sich, seine Eichel direkt auf die Pussy vor ihm zielend, auf ihren Körper nieder. Mit einem Stoß dringt er in sie ein. Aksinja schlingt ihre Beine um ihn und klammert sich fest um seine Hüften.

Immer fester, immer gieriger bocken sie sich entgegen. „Soo guut!", raunt er in ihr Ohr. „Jaa... Mach weiter Jonas!" Er stößt schnell und hart zu. Ihr ganzer Körper ruckt hin und her. Ihre Brüste wackeln vor seinen Augen. Er ist hochgradig erregt. Der Nachmittag ist längst

Geschichte. Das Hier und Jetzt zählt. Er küsst sie und leckt sie über das Gesicht. Aksinja kratzt und beißt in seine Schulter. Sie sind wie wilde Tiere, die nur auf das Eine fokussiert sind… sich aneinander zu reiben und alles andere auszuschalten. Ein lautes Ächzen, dann ein Knall lässt sie kurz innehalten. Die Liege ist unter ihnen zusammen gebrochen. „Oh je…!", kichert Aksinja. Jonas ist es egal. Er macht unbeirrt weiter. Seine Stöße sind nach wie vor schnell und brutal. Sein Höhepunkt nähert sich. Seine Hoden ziehen sich zusammen. „Aah… Joonaas!" Aksinja ist schneller. Ihre Muskeln klammern seinen Schwanz brutal ein. Er hat keine Chance. Ein Blitz fährt in seine Hoden ein und schießt in seine zuckende Erektion durch. Das Sperma folgt und Jonas entlädt sich ächzend und stöhnend in die Frau seines Lebens. „Heirate mich!", krächzt er. Aksinja reagiert nicht darauf. Sie ist selbst in eine andere Sphäre katapultiert worden. Der zuckende Muskel spuckt sein Sperma aus und sie nimmt es gierig in ihre Vagina auf. Langsam, noch mit einem leicht pumpenden Schaft in ihr, kommt Aksinja wieder auf die Erde zurück. Ein letztes Mal drückt sie noch zu und liegt dann erschlafft in seinen Armen. Jonas liegt auf ihr und hat sein Gesicht in ihrem Hals vergraben. Er saugt ihren Geruch von Lotus und Sex tief in sich ein. Dann rollt er zur Seite. Schnaufend versucht er seine Atmung zu beruhigen und sieht zu ihr hinüber. Sie hat die Augen geschlossen. Ihr Mund lächelt. Ihr Brustkorb bewegt sich auf und ab. „Komm wir gehen ins Becken!", meint er. Er braucht dringend eine Abkühlung. Lächelnd sieht er zu ihr hinab und zieht sie mit sich hoch. Gemeinsam springen sie ins Wasser, um sich prustend und lachend wieder auf der Oberfläche zu finden. „Das habe ich gebraucht!" Jonas ist jetzt entspannt. Vergessen sind Nadja… der Kunde.

Dennoch… irgendetwas ist ihm entgangen. „An was denkst du?" Aksinja bemerkt, dass er über irgendetwas nachdenkt. „Ich habe heute die Verlobung mit Nadja gelöst.", murmelt er. „Das ist gut!", meint sie. „Wie hat sie reagiert?" Er sieht sie jetzt noch schaudernd an. „Sie ist wie eine Furie vor mir auf und abgelaufen! Sie wollte mich umbringen!" Dann fällt es ihm ein.

„…Carlos hat sie auf ein Mittagessen eingeladen. Stell dir vor, sie ist wie ein Lamm mit ihm davongegangen!" Er schüttelt, noch immer fassungslos über seinen Anwalt, den Kopf. Er hat ihm das Leben gerettet! Aksinja zuckt im Geiste die Achseln, schwimmt von ihm davon und kommt in langen Zügen wieder zu ihm zurück. Er wartet bereits sitzend am Beckenrand und zieht sie mit Schwung hinaus. „Das Abendessen wird schon fertig sein!", sagt er nur. Sie ziehen nur ihre Bademäntel an und gehen Hände haltend hinaus.

„Wer hat euch eingeladen?!" Sebastian und Carlos sitzen inmitten einer lustigen Runde am Esstisch. Die zwei Männer sehen die beiden in ihren Bademäntel anzüglich an. „Wen haben wir denn da?" Die Frauen hingegen verziehen keine Miene. Ihnen ist es egal, wie die beiden angezogen sind. Sie haben sie schon ganz anders gesehen. „Antoine, du kannst servieren lassen!", ruft Jonas. „Ich habe die Mädchen wieder nach Hause gebracht!", meint Sebastian. Er hätte Jannika und Florence auch alleine mit der Limousine heimschicken können, denkt sich Jonas und sieht Carlos an, um auch von ihm eine fadenscheinige Antwort entgegen zu nehmen. Dieser hebt lachend die Augenbrauen und meint nur gutmütig. „Ich habe deine Ex zum Essen eingeladen, um dir das Leben zu erleichtern! Aber diese Dame ist wirklich erfrischend… so leidenschaftlich… energiegeladen… und sehr schön!", schwärmt er beinahe. Jonas und Sebastian sehen ihn entgeistert an. „Oh… ist das die Frau, die erst vor ein paar Tagen hier gewesen ist?" Florence runzelt die Stirn. „Wie hieß sie doch gleich… Nadja? Ich bin ihr im Foyer begegnet. Sie hat mich nicht einmal beachtet! Sie ist eine wirklich böse Frau!" Sebastian und Jonas sehen belustigt zu Carlos. Aber er lässt sich nicht beirren. Er hat mit ihr zwei Stunden beim Essen zugebracht. Er hat sich mit ihr wirklich wohl gefühlt! Böse sieht er zu seinen Freunden. „Ihr habt ja keine Ahnung!"

Er saugt seinen Atem tief in die Lungen und sieht Jonas ernst an. „Ich bin auch deshalb gekommen, um deine Schützlinge aufzuklären!" Sein Blick wandert zu Aksinja, Olga und Irina. Dann zu den anderen. ´"Bei Florence, Jannika und Eira sehe ich kein Problem. Ihr habt eine Aufenthaltsgenehmigung und braucht nur abwarten, bis ihr eure amerikanischen Pässe abholen könnt. Nur ein Hinweis. Dies dauert einige Jahre!" Sein Blick wandert zu den restlichen Frauen. „Bei Aksinja, Olga und Irina sieht es etwas anders aus. Ich habe erreicht, dass der Vorwurf des Terrorismus fallen gelassen wird." „Das ist ja super!", jauchzt Florence für die anderen und klatscht begeistert in die Hände. Carlos sieht kurz zu ihr hinüber und lächelt. Diese Frau ist entzückend, denkt er sich. Dann wird er gleich wieder ernst. „Dennoch hat es mich Überzeugungsarbeit gekostet, dass ihr von Amerika aufgenommen werdet. Ihr müsst euch einen Antiaggressionskurs unterziehen Befragungen stehen auf dem Programm und so weiter. Weiters dürft ihr euch nichts mehr zuschulden kommen lassen.

Olga schnappt laut nach Luft. „Aggress… was?" „Ein Kurs gegen die Aggression, die ihr als ehemalige Terroristinnen habt." Carlos sieht sie emotionslos an. „Das… das… ist wohl die Höhe!" Olga spring auf. „Wer ist hier aggress…!" Dieses Wort scheint ihr Schwierigkeiten zu bereiten. „Setz dich... sofort!", bellt Jonas dazwischen. Olga ist sofort still. Sie lässt sich auf den Sessel plumpsen und zieht eine Schnute. „Jonas", setzt Aksinja an. „Wir drei brauchen etwas zu tun! Uns ist langweilig. Olga wird es auch besser gehen, wenn sie beschäftigt ist.", beschwört sie Carlos. Dieser zuckt die Achseln. Er ist nur der Anwalt und versucht das Bestmögliche aus der prekären Situation herauszuholen. „Ihr könnt morgen in die Firma kommen! Wir finden für alle etwas, nicht wahr Sebastian... Seb?!" Jonas bekommt keine Antwort. Sebastian ist beschäftigt, Florence zu beobachten. Sie ist wirklich wunderschön...

„Seb!" Sebastian schreckt aus seinen angenehmen Gedanken einer Florence, die er unbedingt küssen will. „Äh... ja...?" Langsam fokussiert sich sein Blick auf das Wesentliche. „Was hast du gesagt?" Jonas verdreht seine Augen. „Du versuchst für die restlichen drei Frauen eine Arbeit zu finden!", sagt er ungeduldig. „Ah... ja!", ...und nickt bestätigend. Lächelnd wagt er wieder einen Blick zu der Dame seines Herzens. Florence lächelt ihn süß an. Er gefällt ihr natürlich auch. Als er heute nicht im Büro war, als sie die Post für ihn gebracht hat, ist sie etwas traurig gewesen. Sie seufzt. Morgen…, denkt sie zuversichtlich. Das Essen verläuft harmonisch. Olga hat sich damit abgefunden, dass noch einiges Unangenehmes auf sie zukommt. Man wird sehen wie es verläuft…

Spät am Abend liegt Aksinja bei Jonas im Bett, wie schon die letzten Tage auch. Sich zugewandt lächeln sie sich verliebt an. „Danke, dass wir morgen zu arbeiten anfangen dürfen! Ich verspreche dir hoch und heilig, dass ich auf Olga aufpassen werde!" „Keine Angst, ich werde sie Charlie bringen! Er wird auf sie aufpassen. Da ist er unschlagbar!" Aksinja erinnert sich an den schwarzen, gut durchtrainierten Security Chief. In Erinnerung an diesen riesenhaften Hünen schläft sie lächelnd ein.

Eroberung

„Du brauchst die Gefährtinnen nur zu Charlie bringen! Den Rest macht er. Bitte!", fügt Jonas hinzu. Ihm wächst gerade alles über den Kopf. „Okay. Wenn's denn sein muss! Bis später!" Sebastian fügt sich und verlässt Jonas' Büro, direkt in das Vorzimmer, wo Aksinja, Olga und Irina darauf warten, dass sie endlich ihre Arbeit beginnen dürfen. „Wo ist Jonas?" „Er hat zu tun! Kommt mit!" Mürrisch fordert er sie auf, mitzukommen. Eigentlich wollte Sebastian seine heimliche Flamme abpassen. Sie bringt ihm sicher wieder die Post vorbei. Schlecht gelaunt begleitet er das Trio zu Charlie. „Hey Kumpel! Diese Damen werden bei dir arbeiten. Bitte sei nicht zimperlich! Sie sind äußerst widerstandsfähig. Sofort bekommt er einen schmerzhaften Knuff in seinen Oberarm. „Aua! Womit habe ich das verdient?" Irina gibt ihm darauf keine Antwort. „Willkommen in meiner bescheidenen Hütte, Mädels!" Charlies weißes Gebiss dominiert sein tiefschwarzes Gesicht. Er freut sich, dass er Aksinja wieder hier begrüßen darf und widmet sich sogleich Olga und Irina. „Hallo Charlie! Das sind meine Gefährtinnen Olga und Irina! Sie haben die gleiche Ausbildung wie ich! Also pass auf dich auf!", fügt sie im Scherz hinzu. Charlie lacht laut auf. „Das werden wir ja sehen. Gegen mich habt ihr keine Chance!", meint er großspurig. Jetzt lacht Olga laut auf. So ein Spinner, denkt sie sich. Groß und muskulös ragt er um eine Kopflänge vor ihr auf.

„Dann braucht ihr mich hier ja nicht mehr!" Niemand beachtet Sebastian weiter. Er nimmt die Gelegenheit wahr und flüchtet. Er hofft, dass er Florence noch nicht verpasst hat und eilt durch die Notfalls Treppe in seine Etage. Schon als er ins Vorzimmer tritt hört er sie. Ihre fröhliche, helle Stimme schallt durch die Glastür zur Chefetage durch. Er setzt ein Lächeln auf, obwohl er noch ganz außer Atem von dem Treppenlauf ist. „Guten Morgen, meine liebe Florence! Schön, dich zu sehen!" „Sebastian!" Ihr Gesicht errötet leicht. Ihr Blick ist permanent auf ihn gerichtet. „Willst du mit mir eine Kaffeepause machen?" „Gerne!" „Dann komm mit mir! Mike…?" Mike hat verstanden. Er soll ihm zwei Kaffee bringen. Er hat noch einen süßen, schokoladigen Donut in seiner Tüte. Ob er Florence damit eine Freude machen kann? Er wird es auf jeden Fall versuchen. Anscheinend ist Mike auch nicht immun gegen Florence erfrischenden Charme. Sebastian nimmt sie mit in sein Büro und setzt Florence auf die Besuchercouch. Er nimmt ihre Hand. Er hat einfach das Bedürfnis dazu. Florence lächelt strahlend in sein Gesicht. Er ist wie gebannt. Dieses Mädchen versetzt ihn in einen Zustand, wo er alles für sie tun würde. „Darf ich dich heute zum Essen einladen?" „Aber du isst ja schon jeden Tag bei uns!", meint sie atemlos. Sie ist entzückend! Er kann den Blick nicht von ihren schönen katzenhaften grünen Augen abwenden. „Ich will dich in ein Restaurant einladen. Ich kenne da ein richtig romantisches Lokal. Es gehört einem Freund von uns …" Er ist nahe dran, sie zu küssen. Sein Körper neigt sich immer näher an sie heran. Ihr Gesicht strahlt wie die Sonne. Auch sie beugt sich näher, bis sie seine Lippen berührt. Seine Hand legt sich in ihren Nacken und sie seufzt wohlig auf.

„Der Kaffee!" Mike steht plötzlich mit einem Tablett vor ihnen. Sebastian entlässt Florence leise knurrend aus seiner Nähe. Florence kichert.

„Oh Mike! Du hast mir einen Donat mit Schokolade gebracht! Ich liebe Schokolade!" Bevor es jemand voraussehen konnte, ist sie aufgesprungen und küsst den verdatterten Mike mitten auf den Mund. Sein Gesicht kann nicht röter anlaufen. Sein Lächeln wirkt dämlich auf Sebastian, der sich darüber ärgert, dass Florence seinen Assistenten küsst. „Danke, Mike!", entlässt er den Mann, sodass dieser sofort verschwindet und nicht länger stört. Sebastian räuspert sich. Der wunderbare Moment ist vergangen. „Wo waren wir?" „Wir haben uns geküsst!" Die direkte Art der jungen Frau gefällt Sebastian. Er blickt sie grinsend an und merkt, dass sie an einer Fortführung eines Kusses nicht abgeneigt ist. Bald liegt sie wieder in seinem Arm. Florence schmilzt. Sebastian ist ein zärtlicher Küsser und sie lässt sich zu gerne in seine Umarmung fallen. Die Telefonanlage läutet. Sebastian will nicht darauf reagieren. Er ist zu sehr von diesem Kuss gefangen.

Aber Florence macht ihn leise darauf aufmerksam. „Das Telefon!", flüstert sie in seinen Mund. Der Atem strömt in ihn hinein und macht ihn ganz verrückt. Widerwillig löst er sich und meldet sich barsch. „Ja!" „Kumpel! Wir haben eine Beratung mit dem Finanzleiter!" Jonas unwillkommene Einmischung, bringt ihn wieder in die Gegenwart. „Ja, zehn Minuten!" „Geht klar!" Jonas hat aufgelegt. „Florence es tut mir leid, aber..." „Kein Problem! Deine Arbeit ruft! Meine Arbeit macht sich auch nicht von alleine! Ich gehe gerne mit dir Essen!", fügt sie mit schelmischen Blick hinzu. Dann fällt die Tür hinter ihr zu. Der Kaffee ist kalt geworden. Der Donat liegt angebissen auf dem Teller. Schnell trinkt Sebastian beide Tassen und lässt sich den Rest von dem Donut schmecken. Zwischendurch sammelt er hektisch seine Unterlagen zusammen und eilt an Mike vorbei. „Besprechung!" „Ich weiß, Boss! Bis später." Florence ist nicht mehr zu sehen, worauf Sebastian sehr froh ist. Mike ist zu aufmerksam gegenüber der entzückenden jungen Frau.

Aksinja und Olga sind froh über die Abwechslung. Ihre Tätigkeit besteht heute nur darin, dass sie sich umschauen sollen und trainieren. Immer wieder dürfen sie gegen andere Mitarbeiter, es sind vorwiegend männliche, einen Kampf ausführen. Einzig Irina langweilt sich. Sie will nicht kämpfen. Sie würde viel lieber etwas anderes tun. „Irina! Komm mit!" Charlie hat ihre Unlust bemerkt und zitiert sie in sein Büro. „Ich glaube, dass du keine rechte Lust da draußen hast? Stimmt das?" „Ähem… Ich bin froh, etwas zu tun zu haben…" „Aber?" „Na ja… es ist nicht ganz das, was ich mir vorgestellt habe!" Sie sieht ihn ganz offen an." „Was stellst du dir so vor?" „Ich bin gut in Mathematik. Analysen. Statistiken, und so weiter!" Charlie lacht. „Da bist du bei mir komplett falsch! Du musst mit Jonas, oder Sebastian reden!" „Sebastian… pff!", abschätzig erinnert sie sich daran, dass Sebastian sie nicht einmal gefragt, was ihr gefallen würde. Er hat sie einfach hier abgeladen und war weg, als würden sie alle seine Zeit stehlen! „Ja… heute kann ich dir nicht viel weiter helfen. Aber vielleicht gefällt es dir, hier etwas Ordnung in meine Unterlagen zu bringen?", hofft er, dass es endlich geschehen würde. Sie sieht ihn lange an. Sein Gesicht ist offen. Sie glaubt nicht, dass er sie ausnutzen will und willigt ein. „Okay! Solange ich hier freie Hand habe, mache ich es. Darf ich auch etwas im Computer herumsurfen?" „Na klar!", freudig springt er händereibend auf und lächelt sie mit seinem Strahlegebiss an. Sie lacht laut auf. „Verschwinde!" ...und wedelt ihn mit ihren Händen hinaus. Verspielt tänzelnd verlässt er das gläserne Büro, das von der Trainingshalle einsichtbar ist. Er klatscht gutgelaunt in die Hände. „Mädels, Männer herhören! Irina steht niemanden mehr zur Verfügung. Sie hat keine Lust mehr, euch auf die Matte zu hauen! Es bleibt also nur mehr Aksinja und Olga übrig. Das männliche Personal klatscht. Aksinja und Olga ziehen lediglich die Augenbrauen in die Höhe. Aksinja nimmt sich vor, später mit Irina zu sprechen.

„Olga! Ich fordere dich heraus. Ich will sehen, wie gut du bist!" Charlie sieht die dominante rothaarige Frau an. Sie ist wesentlich kleiner als er und wirklich sehr zart gebaut. Aber das will nichts heißen. Er hat sie beobachtet. Sie kennt keine Müdigkeit. Sie ist ausdauernd und stark, was sie am Sandsack eindrucksvoll dargestellt hat. Außerdem fühlt er sich zu ihr hingezogen. Sie ist… na ja… ein Mannweib. Sie wirkt aggressiv und angriffslustig, sobald sie glaubt, dass ihr jemand blöd kommt. Sie grinst erwartungsvoll. Dieser Charlie glaubt, dass sie ihm unterlegen ist? Das muss er erst beweisen, denkt sie sich. Sie ist sehr von sich überzeugt und das muss sie auch sein. Denn als er ihr im Ring gegenübersteht, überragt er sie um mehr als eine Haupteslänge. Sie schlagen kurz mit ihren bandagierten Händen an und gehen wieder auseinander. Lauernd taxieren sie sich. Charlie… mit seinem blöden Dauergrinsen… geht ihr gewaltig auf die Nerven. Sie lässt sich hinreißen und geht auf ihn los. Ihre Attacke wehrt er mit Leichtigkeit ab. „War das alles?", provoziert er sie. Sie knurrt böse und fällt über ihn her. Mit dauerhaften Kicks und Schlägen macht sie ihn heiß. Dann lässt sie wieder, grinsend und hochmütig nach ihm schielend, ab. Sie keucht nicht einmal, denkt er sich. Die winzige Frau zeigt Unmengen von Energie! Charlie sieht eine Lücke in ihrer Abwehr. Mit einem linken Haken will er diese

Schwäche durchbrechen. Darauf hat sie gewartet, macht dicht und zieht ihm unerwartet die Beine vom Boden. Uff! Er hört Aksinja lachen. Die Männer halten allesamt belustigt die Luft an. Ihr Boss ist ausgeknockt! Ha… ha… ha…

Er muss jetzt reagieren. Er darf sich nicht erlauben, dieses Weib gewinnen zu lassen! Sie sitzt mittlerweile auf ihm drauf und triumphiert. Ihr Fäuste stoßen siegessicher in die Luft. Sie ist abgelenkt durch das mittlerweile johlende kleine Publikum. Er nutzt die Gunst der Ablenkung durch das Publikum, kickt seine Beine in die Höhe und schlingt mit unvorhersehbarer Absicht ein Bein um ihren oberen Brustbereich. Blitzschnell dreht er sie auf den Boden. Mit Karacho stürzt sie nieder und Charlie hat sie dort, wo er sie gerade haben will. „Was willst du jetzt tun?", fragt er provokant. Sein Strahlelächeln ist schon wieder da. Er ist viel zu nahe. Olga knurrt. Es gefällt ihr überhaupt nicht, dass ein Mann, besonders dieser Mann, mit seiner ganzen Länge auf ihr liegt und sie fast zerdrückt. „Geh runter von mir! Du bist zu schwer!" Er denkt nicht dran. Sie hält es aus. Dennoch schiebt er ein muskulöses Bein zwischen ihre und reibt, unbemerkt von den anderen, an ihr. „Einen Kuss für den Sieger?", fragt er schamlos. Mit geschlitzten Augen sieht sie ihn verärgert an. Was denkt er sich eigentlich? Sie versucht ihn abzuwiegeln und stöhnt ungewollt auf. Das Bein reibt sich noch mehr an ihrer Mitte ohne sein Zutun. Sein Strahlegebiss scheint noch größer zu sein. Nicht, dass sie einen Notstand bei Männern hätte. Sie hat mittlerweile die Männer im Hause Jonas durch. Aber es waren eben nur Männer, die nicht allzu viel zu bieten haben. Doch im Notfall… „Willst du mich?", provoziert er sie leise. Der Hauch, der in ihr Ohr weht, treibt Schauer der Wollust durch ihren Körper. Die würzige Note, die durch den Schweiß verstärkt wird, lässt sie Signale aussenden, die für ihn eindeutig sind. „Du bist mir überhaupt nicht gewachsen! Geh weg! Jetzt!", protestiert sie deshalb nur mehr anstandshalber. Aber sie ist keinesfalls mehr überzeugend. Sie ist für eine Nummer mit diesem Kerl bereit. Die Beule an ihrer Scham ist auf jeden Fall vielversprechend. „Komm in zehn Minuten auf die Toilette! Ich warte auf dich!", raunt er ihr ins Ohr. Dann lässt er sich provozierend langsam von ihr runterrutschen.

„Leute das war's! Die Vorstellung ist zu Ende! Jeder geht an seinen Platz! Vergesst nicht, Schichtwechsel ist in einer halben Stunde!" „Charlie, was machen wir derweilen?" Aksinja und Olga stehen bei ihm. Er sieht Aksinja an. „Du gehst mit Kevin. Er zeigt dir alles. Olga du wirst nachher mit Konrad gehen. Duscht euch." Dabei sieht er Olga an. „Ich muss mal!", meint sie daraufhin. Aksinja nickt. „Bis später!" Charlie ist sich nicht mehr so sicher, ob es eine gute Idee ist, Olga nachzugehen. Aber er hat sich entschieden und er ist heiß... heiß auf diese starke Frau. Bevor er die Tür öffnet sieht er sich vorsichtig um und schlüpft hinein. Er hat einen Zentralschlüssel und benutzt ihn jetzt. Sie sind alleine. Olga kommt provozierend auf ihn zu. „Komm her Süßer und zeig mir ob du was drauf hast, oder nur die große Klappe!" Charlie schlitzt die Augen. Dieses Weib ist nervenaufreibend! Er wird es ihr zeigen. Niemand hat ihn je in Frage gestellt. „Zieh dich aus!" Sie lacht. Niemand gibt ihr Befehle! Niemand! Plötzlich schnappt er sie mit dem Rücken zu sich und zieht ihr das Sportshirt in die Höhe. Ihre kleinen Titten füllen nicht einmal seine Hände aus. Dennoch stehen ihre Warzen steil nach oben. Sie ist geil. Er grinst. Hat er es doch gewusst…

Seine Hand presst einmal zu. Olga zuckt zurück. Der Mann ist grob. Aber sie will das. Sie sehnt es herbei. Diese Weicheier in Jonas' Haus wissen nicht, was sie braucht. Sie reibt ihr Becken an seinem Schaft, der spürbar zwischen ihren Pobacken liegt. Sie greift danach und drückt ebenfalls einmal fest zu. Er stöhnt auf und er tastet nach ihrer Scham. Die anderen Finger sind noch mit ihren Titten beschäftigt. Er zwirbelt kräftig die Warzen und zieht sie schmerzhaft in die Länge, sodass ihr Körper seinen Händen nachgibt. Ihre Hose und ihr Slip liegen schon um ihre Knöchel. Wie das geschehen ist, liegt nicht ihn ihrer Erinnerung. Vielmehr beugt sie sich jetzt unter seinem Druck nach vorne und streckt sich ihm in Erwartung seines Schwanzes entgegen. „Aua!" Seine Hand hat sie voll auf die linke Pobacke geschlagen und wiederholt es noch einige Male abwechselnd. Sie ist in höchsten

Maße erregt. Ihre Pussy ist klatschnass. Sie spürt die Nässe schon auslaufen. „Ah… da kann es eine nicht mehr erwarten!", höhnt er leise. „Mach schon!" Er lacht in sich hinein. Dieses kleine Weib ist ungeduldig. Sie braucht es anscheinend dringend. Ihren Arsch vor sich, die Beine gespreizt, lässt seinen Blick auf die gerunzelte Rosette werfen. Er liebt Analspiele. Soll er es wagen? Er befeuchtet seinen Finger mit Speichel und reibt an dem kleinen Loch. „Scheiße, ja…!" Er knurrt. Die Kleine ist rollig wie eine läufige Katze! Während er die enge Region mit seinem Daumen bearbeitet, pumpt er schon einmal seinen Penis, der schon in seiner Größe strammsteht. Dann setzt er an. Die dicke Eichel ist schon durch die Lusttropfen befeuchtet, die alleine durch den Gedanken an die kommenden Minuten hervorquellen.

Er beißt die Zähne zusammen. „Halt still, Weib!" Sie wackelt mit dem Arsch, weil es ihr zu langsam vonstattengeht. Sie japst gepeinigt durch einen erneuten Schlag seiner Hand auf. Dann hält sie still. Seine Eichel will da hinein. Wimmernd harrt sie der Prozedur. Es brennt höllisch. Die Eichel ist verdammt groß und dick! Sie hört ihn Schnaufen. „Ich bin drinnen!" „Mein Gott! Das brennt wie die Hölle!", jammert Olga. Sie beißt die Zähne zusammen. Der Schwanz ist riesig. Sie spürt jeden Millimeter, der sich in sie schiebt. Langsam zwar, aber unerbittlich. Endlich hört er auf, sich weiter hineinzubohren. Sie keucht und stöhnt gequält auf. Der Schwanz ist wirklich groß und sie fühlt sich aufgespießt wie noch nie zuvor. „Geht es?", fragt er. „Jaaa… mach schon! Fick mich!" Er schmunzelt. Sie ist phänomenal! Eine Weib nach seinem Geschmack. Dann zieht er sich fast zurück. Sofort jammert sie, dass er da bleiben soll. Er treibt sich sofort wieder hinein. Sie stöhnt laut auf. Er fällt in einen moderaten Rhythmus. Lang hinaus… lang hinein. Immer wieder… immer schneller. Ihrer beider Atem pfeift aus allen Rohren. „Ich kann nicht mehr!", stöhnt sie. Ihr tut der Arsch weh… er brennt höllisch. „Du kannst noch!" Er zieht sie an den roten Haaren zu sich hoch und stößt noch weiter vor. Olga schreit auf. Er hält ihr den Mund zu und hält sie so aufrecht. Sein Tempo erhöht sich. Sein Atem pfeift. Seine Selbstbeherrschung hängt an einem seidenen Faden. „Komm! Jetzt!" Er zwickt brutal in eine Brustwarze. Der Schmerz schießt in ihren Kitzler ein. Ihre Augen verdrehen sich. Ihre Lunge scheint zu kollabieren, aufgrund der Menge Luft, die sie nicht zu bekommen scheint. Olga erlebt einen erbarmungslosen Orgasmus, der auch Charlie laut knurrend kommen lässt. „Meine Fresse! Das ist… Wahnsinn!" Charlie lässt sich treiben. Der Austritt seines Spermas scheint kein Ende zu nehmen. Er penetriert noch einmal nach. Olga zuckt zusammen. „Ich kann nicht mehr! Gnade!" Charlie küsst sie feixend im Nacken und zieht sich zurück.

Erschöpft stützt sie sich kurz am Waschbecken auf. Ihr Kopf hängt nach vorne. Ihre Haare hängen in feuchten Strähnen wirr um ihre schmalen Schultern. Sie blickt in den Spiegel und lächelt sich verrucht zu. Das war verdammt genial! „Komm endlich! Wir müssen uns kurz saubermachen! Du hast Schicht. Niemand darf etwas davon erfahren! Hast du gehört?" Er sieht sie besorgt an. Wird sie dicht halten? „Ja." Sie geht hinaus, als hätte sie einen Stock in ihrem Arsch. Er brennt und tut

verdammt weh... auf eine sehr gute Art!
Sie freut sich auf ein nächstes Mal.

„Ich warte schon auf dich! Wo warst du
so lange!" Konrad fällt es nicht auf, dass
sie sich so komisch bewegt. Im Gegenteil,
er sieht provokant auf die Uhr. „Geh
schon einmal voraus! Ich muss mich
duschen!", schnippisch geht sie an ihm
vorbei. Eingeschnappt rauscht er hinaus.
Dieses blöde Weib kann ihn mal!

 Vergiftung

Florence betritt neugierig das Trainingscenter. „Wow!" vor sich einen Wagen mit Material herschiebend, guckt sie auf die verschwitzten Körper. Trainierte Muskeln wohin man sieht. Sie kann sich nicht an ihnen sattsehen. „Oh Mann!" Dann stößt sie mit ihrem Wagen an ein Hindernis an. „Was kann ich für dich tun, schöne Frau? Vor ihr ragt ein schwarzer, ebenfalls muskelbepackter Hüne auf. Sein Strahlelächeln nimmt seiner gefährlichen Ausstrahlung die Schärfe. Sie lächelt ihn ebenfalls entzückt an. Charlie hat das Gefühl, als würde die Sonne aufgehen. Süß. Sie besinnt sich, warum sie hier hereingekommen ist. „Hallo, ich soll das hier abgeben!" …und zeigt auf die Kartons. „Komm mit! Das gehört ins Büro." Er hilft ihr den Wagen anzuschieben, was wirklich nicht nötig wäre, da es ganz leicht geht. Aber Florence ist von der Hilfsbereitschaft des Mannes angetan. „Irina!", ruft sie freudig. „Florence? Was machst du da?" „Ich bringe die Lieferung, die du bestellt hast!" „Ah ja, danke! Stell es einfach vor

die Tür! Hier drinnen ist kein Platz!"
Florence nickt und räumt die Kartons
vom Wagen ab und schichtet sie vor dem
Büro auf.

„Scheiße! Wie sieht es denn hier aus?!"
Charlie sieht sich entsetzt um. Als wäre
ein Tornado durch sein Büro gerauscht.
Hier ist kein Platz frei von Papier! „Du
meine Güte!", Florence steht neben ihm.
Irina zuckt die Achseln. „Ich musste die
Regale entstauben und jetzt kann ich alles
geordnet in die Mappen ablegen! Du
wirst sehen, dass morgen alles pipifein
ist!", verspricht sie Charlie. Er brummt.
„Ich muss die Arbeitspläne vorbereiten.
Ich brauch den Computer!" „Kein
Problem! Setz dich! Ich fange mit dem
Sortieren an!", fröhlich vor sich her
summend fängt Irina an, den scheinbar
undurchdringlichen Papierhaufen
auseinanderzunehmen. „Ich gehe dann
mal wieder!" Florence flüchtet vor dem
Staub, der ihr um die Ohren fliegt, sobald
Irina einen Papierhaufen in eine andere
Ecke schleudert. Charlie wedelt mit
seinen Händen vor dem Gesicht und sieht
konzentriert auf den Bildschirm.

Jonas begegnet Aksinja in der Nähe der Rezeption. „Was machst du da?" sie lacht erheitert auf. „Ich arbeite!" „Aha! Mit dem Kleid?" Sie sieht an sich hinunter. „Gefällt es dir?" Er sieht sie mit leuchtenden Augen an. „Du sieht wunderschön aus. Aber für die Arbeit ist es nicht angemessen! Leider!" Er versucht sich einen Kuss zu stehlen. „Nicht hier!", zischt sie. Er zuckt die Achseln. „Wo sind Olga und Irina?" „Olga ist bei Konrad und Irina hat keine Lust auf Security. Sie wird sich bei dir melden." Er nickt. Er nickt Kevin zu und nimmt sein Handy zur Hand. „Mike?" „Boss!" „Wir brauchen angemessene Dienstkleidung für die Damen im Security Bereich!" „Geht klar, Boss!" Zu Aksinja gewandt meint er: „Geh zu Mike, wenn du Zeit hast. Er wird dir Passendes zum Anziehen besorgen. ...und nimmt Olga mit!" Jonas hat hier nichts mehr zu tun und geht zu seinem Kunden, den er zum Mittagessen eingeladen hat.

Sie sieht ihm kurz nach und wird zur Rezeption abgelenkt, wo ein Mann zu laut mit der jungen Dame hinter dem Pult spricht. Sein Ton ist penetrant und wird immer aggressiver. Sein unanständiges

Gebaren zwingt Aksinja schließlich zum Einschreiten. „Kann ich ihnen helfen?" Ihr Blick streift die junge Angestellte, die anscheinend ihre liebe Not mit dem unhöflichen Mann hat. Der Mann fängt an zu poltern. „Dieses… dieses vermaledeite Weib behauptet, dass der Boss hier nicht zu sprechen ist! So was Blödes habe ich überhaupt noch nicht gehört! Was glaubt Sie, wer Sie ist?!" Der Ton wird immer böser und aufgeregter. Aksinja legt ihm sachte eine Hand auf den Arm. „Wenn unsere Mitarbeiterin sagt, dass der Boss nicht zu sprechen sei, dann wird es wohl so sein! Bitte gehen Sie!", fordert sie ihn in einem neutralen Ton auf. „Was glauben Sie eigentlich, wer sie sind, dass sie so mit mir sprechen dürfen?", erbost schiebt er sie zur Seite. Aksinja nickt der jungen Frau hinter den Tresen zu, dass sie den Hilfeknopf drücken muss. Noch einmal versucht sie es. „Bitte, verlassen Sie das Gebäude!" Er denkt nicht daran und will Aksinja körperlich angreifen. Blitzschnell nimmt sie seine, schon nach ihr greifende Hand fest und dreht sie erbarmungslos auf seinen Rücken. Vorerst ist er handlungsunfähig. Aber sein Mund steht trotzdem nicht still.

Er schnappt kurz nach Luft und poltert los. „Das ist doch die Höhe! Lassen Sie mich sofort los, Sie... Sie... Schlampe! Hilfe! Hilfe!" Aksinja hat zu tun, ihn festzuhalten und ihn langsam aber sicher zum Ausgang zu zerren. „Rufen Sie die Polizei, Mirjam!" Mirjam, die schon etwas blass ist, greift zum Telefon. „Nein, keine Polizei! Ich gehe ja schon! Lass mich los, du Trampel!" „Kommst du alleine klar, Aksinja?" „Ja!", schnauft sie. Endlich hat sie es geschafft, an das Portal des Gebäudes anzukommen und ihre Last auf der anderen Seite freizulassen. „Ich denke, Sie haben jetzt Hausverbot! Wenn Sie den Boss sprechen wollen, brauchen Sie verdammt gute Gründe, vorgelassen zu werden! Auf Wiedersehen!" Sie dreht auf der Stelle um.

Kevin sieht ihr bewundernd nach, als sie schnaubend an ihm vorbeistapft. Diese kleine Person ist nicht zu unterschätzen. Er wird den Fall zu Protokoll bringen. „Danke, Aksinja! Ohne dich hätte ich es nicht geschafft!" Mirjam stößt ein Seufzen aus. Mehrere solche schwierigen Typen und sie kündigt. „Kein Problem. Dafür sind wir da, dass wir unsere Mitarbeiter schützen!", meint Aksinja.

Die beiden Frauen lächeln sich freundschaftlich an. „Komm, du hast dir eine Pause verdient. Geh in den Gemeinschaftsraum." Das lässt sie sich nicht zweimal sagen. Sie ist aufgewühlt und muss wieder runterkommen.

„Charlie, ich habe einen Termin bei Jonas! Ich gehe dann einmal!" „Mhm…" Charlie ist mit seinem Papierkram beschäftigt. Dann sieht er panisch auf, als er wahrlich mitbekommt, was sie gesagt hat. „Du gehst?! Du kommst doch wieder?!" Mit Blick auf den noch verbliebenen Rest von restloser Unordnung, sieht er sie treuherzig an. Sie lacht. „Natürlich! Ich lasse dich nicht im Stich!", versichert sie ihm. Beruhigt zeigt er wieder sein Strahlelächeln. Lachend geht sie weg.

„Hallo Mike!" „Hi Irina! Jonas telefoniert gerade. Warte einen Moment. Er ist gleich für dich da!" Sie nickt. Sie ist etwas nervös. Sie will einen anderen Job. Einen Job, der sie zufrieden macht. Das bei Charlie ist nur ein Notnagel. Sie hat ihm versprochen, dass sie Ordnung in sein Chaos bringt und das macht sie auch. Sie ist fast fertig. Morgen schon, kann er sich in seiner neu gefundenen Ordnung sonnen.

„Kopf hoch! Jonas ist sehr umgänglich!" Als, dass sie das nicht wüsste! Sie kennt ihn wirklich sehr gut! Aber sie ist nervös. Ihre Jobforderungen sind wirklich hoch gestellt. Wie tief wird sie fallen? Kann sie ihn überzeugen von ihrer Genialität? Sie kann es! Immer wieder spricht sie sich selbst Mut zu. „Du kannst reingehen!", unterbricht Mike ihren Gedankengang. Entgegen ihrer Natur, vorsichtig klopfend, betritt sie unsicher dieses Büro eines Mannes, den sie in jeder Weise schon kennt… nur nicht als CEO. Er scheint beinhart in seinem Geschäft zu sein! „Jonas?" „Komm schon rein! Du bist doch nicht schüchtern? Setz dich!" Er bietet ihr einen Besucherstuhl vor seinem Schreibtisch an. „Moment mal, ich muss schnell…" Er tippt auf seiner Tastatur herum. Das Licht des Monitors beleuchtet sein Gesicht. Er ist konzentriert, dennoch kraust er die Stirn. „Shit. Da ist doch was! Wieso sehe ich das nicht…" Er gibt auf und sieht zu der Frau hinüber, die nervös an ihren Fingernägeln kaut. „Irina? Was kann ich für dich tun?" „Äh… Sebastian meinte, dass ich bei den Securities gut aufgehoben bin. Aber es gefällt mir nicht wirklich. Ich will nicht kämpfen. Training ist gut. Aber ich will meine Ruhe!" Verzagt blickt sie hoch. Ihre Hände verschränken und lösen sich in einem fort. „Dann müssen wir für dich etwas anderes finden. Was schwebt dir denn so vor?" Sie zuckt die Achseln. „… Oder was kannst du? Fangen wir mit deinen Fähigkeiten an…" Er will ihr wirklich helfen. Aber diese Statistiken auf dem Bildschirm nehmen all seine Gedanken in Anspruch. Irgendwas übersieht er…

„Ich kann gut mit Zahlen, Statistiken. Ich kann Bilanzen erstellen. Ich kenne mich mit Steuerpolitik aus. So was. Es fordert mich mehr, als ständig zu kämpfen!" Sie verzieht kurz das Gesicht. Jonas sieht sie an, als käme sie von einem anderen Stern. Statistiken?! „Sagtest du Statistiken?" Sie nickt. Ihre Augen fangen an zu leuchten. Mann! Diese Frau ist voller Rätsel! „Dann zeig mir was du kannst! Komm her und löse das Rätsel!" Mehr belustigt, als ernst gemeint, holt er sie zu seinem Bildschirm mit den Zahlen und Statistiken, die ihm schon vor den Augen verschwimmen. Irgendetwas hat er übersehen, er weiß es nur noch nicht. Vielleicht sollte er erst einmal darüber schlafen? „Kannst du die Statistiken von den letzten zwölf Monaten aufrufen?" Er tut ihr den Gefallen. Ihre Haare streifen seine Wange. Es ist ihm nicht unangenehm. Aber er fühlt sich etwas zwischen ihr und den Bildschirm eingeengt. „Willst du dich setzen?" Er versucht aufzustehen. Sie rückt nur minimal zur Seite. Ihr Blick ist auf die Statistiken fokussiert. Immer wieder schwenkt ihr Kopf von einer Kurve zur nächsten. „Es scheint hier Unregelmäßigkeiten zu geben! Es sieht aus, als würden hier größere Beträge entnommen, die nicht regelmäßig sind. Habt ihr in letzter Zeit unregelmäßige Ausgaben?" Ihre Stimme ist nicht im Besonderen an ihn gerichtet. Aber er sieht aufmerksamer hin. „Nicht, dass ich wüsste…" Er muss seine Unterlagen durchforsten. „Es sind vermehrt Überweisungen in der Zeit, als wir noch im Urwald waren! Gib mir einmal den Kalender!" Sie wedelt mit der Hand. Er reicht ihr sein Handy. Sie blickt kurz auf und checkt den aufgerufenen Terminkalender. Sie scrollt in die

Jahresübersicht. Tatsächlich. Alle nennenswerten Abhebungen sind in dieser Zeit getätigt worden! „Siehst du? Da warst du nicht da! Wenn Sebastian keine Ausgaben in diesem Ausmaß hatte, würde ich sagen, dass hier sich jemand sein Gehalt aufgebessert hat!" Irina ist überzeugt von ihrer These.

Jonas ist entsetzt. Sollte sie recht haben? Er muss sich unbedingt mit Sebastian kurzschließen! Er nimmt sein Handy wieder zu sich und wählt seinen Freund an. „Besprechung im Konferenzsaal… sofort!" Er lässt seinen Gesprächspartner nicht zu Wort kommen und legt, ohne weiteren Kommentar, auf. „Komm mit Irina! Es wäre doch gelacht, wenn wir das nicht aufklären können!" Er ist voller Elan. Wieso ist er nicht selbst drauf gekommen? Er hat schon viel zu lange auf diese Statistiken gestarrt, dass er das Wesentliche nicht bemerkt hat! Irina ist Goldes wert! Diese Frau wäre eine wirkliche Bereicherung seines Teams! Er freut sich jetzt schon, sie auf den passenden Posten zu setzen! „Wenn du keinen guten Grund hast, mich aus einer wirklich wichtigen Besprechung zu holen, dann schlag ich dir auf die Fresse!"

Sebastian scheint verärgert. Seine heimliche Liebe sitzt in seinem Büro und er muss sie wegen irgendetwas Dummes verlassen? Grollend fügt er sich. „Halt die Schnauze und komm!" Jonas ist ungehalten. Einerseits ärgert er sich über seine Unfähigkeit, andererseits ist er immer noch wegen des Mittagessen über den schwierigen Kunden überlastet. Er sollte eine Pause machen. Genervt reibt er sich über den Nacken. Gemeinsam fahren sie zu dritt mit dem Aufzug in das entsprechende Stockwerk. „Wie gefällt dir dein Job, Irina?" Sie schnaubt. Sie bedenkt ihm in dieser Hinsicht keine Antwort zu geben. „Irina bekommt einen neuen Job!" Jonas ist nicht erfreut über Sebastian. Er hat es sich zu leicht gemacht und Irina leicht möglichst abgeschoben.

„Was hat Irina mit unserer Besprechung zu tun?" Sebastian ist jetzt irritiert. Solange Irina noch mit ihnen im Lift gewesen ist, hat er sich noch nichts gedacht. Aber sie scheint den ganzen Weg nicht von ihnen abzuweichen. Irina bei der Konferenz? Er ist gespannt. Jonas fährt den PC hoch und schaltet den übergroßen Bildschirm ein. Bald leuchten die Statistiken aus seinem Büro auf. „Sieh dir das an! Fällt dir was auf?", fordert er Sebastian auf, es sich anzusehen. „Nein! Ich erkenne nichts Besonderes!", unwillig wegen einer Statistik aus dem Büro geholt worden zu sein, fläzt er sich in einen Stuhl. „Sieh genauer hin!" „Siehst du das, Sebastian?", fragt Irina und tippt mit einem Zeigestab auf mehrerer Punkte. „… und das? Hier?" Mehrmals zeigt sie auf ungewöhnliche Aktivitäten auf der unregelmäßig gezackten Linie. Sebastian sieht genauer hin. Ja… „Hey… Was soll das? Hat da jemand Beträge abgehoben?!" Er richtet sich auf und kommt näher an den übergroßen Monitor. „Das war zu der Zeit, als ich noch im Urwald war!", weist ihn Jonas darauf hin. Jetzt erkennt es auch Sebastian. Das sind Beträge von jeweils mindestens einhundert bis dreihunderttausend Dollar! Scheiße! Wie konnte das passieren? Wer war das? „Wer war das?", bellt er. Er ist sich bewusst, dass er zu dieser Zeit mit der Arbeit völlig überfordert gewesen ist. Jonas war nicht da und die Leute haben scharenweise gekündigt. Er war total überlastet. „Wer war das Arschloch!", wiederholt er zornig. „Wenn wir das wüssten, müssten wir jetzt nicht hier herumschreien. Also beruhige dich!" Jonas Kopf fängt an zu dröhnen. Er setzt sich nieder und überlässt erst einmal seinem Kumpel die Führung.

Irina meint, dass hier strukturiertes Denken besser ist, als sich gegenseitig anzuschreien. „Lasst dieses Gezeter und denkt nach! Wer hat Zugang zu den Konten! Wer hat das nötige Vertrauen von euch und für wen ist es ein Leichtes, Geld abzuzweigen und es zu vertuschen? Denkt nach!" Sebastian sieht sie lange an. Diese Frau ist gut. Sie gibt nicht nach. Sie fordert sie heraus und gibt Denkanstöße. „Finanzleiter? Buchhalter? Mike?" „Spinnst du? Mike? Er ist es nicht!" Sebastian ist empört. „Okay! Mike fällt weg. Du?" „Drehst du jetzt völlig durch? Jonas und ich sind wie Brüder! Ich liebe meinen Job!" Irina grinst. „Brainstorming! Finanzleiter?" Hier wird nicht abgewiegelt. Sie wissen es nicht und können auch nicht die Hand für diesen Mitarbeiter ins Feuer legen. „Aber er ist schon so lange bei uns! Er wird bald in die Rente gehen!" „Ein Grund, sein Gehalt aufzubessern?" Irina lässt nicht locker. Die Männer sind still. Es könnte ein entscheidender Hinweis sein. Sie müssen dies überprüfen.

„Seb lass prüfen, ob Vogel zu diesem Zeitpunkt in der Firma war. Wenn er es ist, dann ist er weg!" Jonas Kopfschmerzen sind unerträglich geworden. Irina geht zu ihm hin und legt ihm ihre kalten Hände auf. Aufseufzend lässt er es sich gefallen. Seine Stirn dröhnt. Er kann nicht mehr denken. „Mensch fahr nach Hause und leg dich hin!", meint Sebastian. „Hier können wir nichts mehr tun. Ich werde die Zeiten abgleichen! Auch mit den Buchhaltern!" Jonas nickt dankbar und steht leicht schwankend auf. Er hat genug. Er fährt nach Hause. „Kommst du mit?" Irina nickt und nimmt das Telefon zur Hand. „Ich gebe Charlie Bescheid."

In der Limousine kracht Jonas endgültig zusammen. „Jonas! Sag doch was!" Irina schüttelt den Mann panisch an den Schultern. Er wacht nicht mehr auf. „Schnell nach Hause, Andrew! Mein Gott! Stirb uns nicht weg, Mann!" Sie sucht hektisch nach seinem Handy. Sie muss Eira Bescheid geben. Sie muss helfen! Hektisch scrollt sie nach Antoines Nummer. Warum haben sie alle noch kein Handy? „Antoine? Irina hier! Jonas ist zusammengebrochen! Ja… wir sitzen schon im Auto! Gib mir Eira! Schnell!" Sie wartet. Wieder kaut sie an ihren Nägeln. Sie hat Angst. „Mach schneller, Andrew! Verliere keine Zeit!", treibt sie den jungen Mann an. Er nimmt an Tempo auf, sobald sie aus dem Stadtverkehr draußen sind. Irina streichelt den Kopf von Jonas, der auf ihren Schoß gefallen ist. Er ist heiß. Sie versucht mit ihren kalten Händen seine fiebrige Stirn zu kühlen. Man hat ihr einmal nachgesagt, dass sie heilende Hände hat. Warum wacht er dann nicht auf?! Blöde Weiber! Sie reibt seine Oberarme, seine Brust, seine Hüfte und wieder legt sie die Handflächen auf die Stirn. „Bitte!", flüstert sie, als könnte sie ihn so erreichen.

Andrew gibt noch mehr Gas. Er macht sich Sorgen um seinen Arbeitgeber. Er kennt ihn noch nicht lange. Aber er ist cool. Das Gaspedal noch tiefer tretend, gelangen sie in kürzester Zeit zum Haus. Antoine eilt mit Eira die Treppe von dem Eingangsportal herunter. „Was ist los,

Irina?" „Du musst ihm helfen! Er rührt sich nicht mehr!", schluchzt Irina hilflos. „Steig du erst einmal aus. Antoine ruf jemanden, der ihn ins Haus tragen kann. Ich sehe ihn mir erst einmal an.", kommandiert Eira. Sie hofft, dass sie ihm vorerst helfen kann. Antoine muss auch einen Arzt rufen. Sie ist nicht unwissend. Sie hat ein allumfassendes Lexikon über die Kräuter geschrieben. Aber es ist nicht alles. Sie beugt sich über ihn und schnuppert ihn ab. Beim Mundgeruch hält sie inne. Das ist doch… Eira ist sich sicher, dass er das Gift einer bestimmten Pflanze zu sich genommen hat. Wer will Jonas vergiften?! „Schnell! Tragt ihn ins Haus. Ich hoffe, dass wir nicht zu spät sind. Antoine rufen sie einen Arzt! Schnell!" Antoine hat das Telefon aus seinem Jackett gezogen und wählt die Nummer ihres Hausarztes. Eira eilt in ihr Zimmer, wo sie ihren Kräuterkoffer aufbewahrt. Schnell sucht sie gewisse Gegenkräuter und rennt damit in die Küche. Anne, die Köchin ist etwas pikiert, als Eira selbstständig einen Wasserkocher aufsetzt. „Was soll das Mädchen! Hier hast du nichts verloren!" Cara, die Anne in der Küche hilft, nimmt sie zur Seite. Sie weiß, dass Eira einen Notfall haben muss, sonst würde sie nicht mit ihren getrockneten Blättern und Wurzeln herumhantieren. „Was ist passiert?", fragt sie. „Jonas wurde vergiftet! Ich versuche ein Gegenmittel zusammenzustellen. Ich hoffe, dass ich nicht falsch liege!" „Oh mein Gott! Jonas?" Auch Anne ist geschockt.

Eira schüttet die blubbernde, mit gehackten Kräutern und Wurzeln angereicherte Flüssigkeit, in eine große Tasse und schnappt sich einen Löffel. Sie folgt den Stimmen und findet Jonas umringt von den Hausdienern und Antoine. Sie verschafft sich energisch Platz und weist Irina an, die Stirn des todgeweihten Mannes zu kühlen. Sie versucht die Brühe Jonas einzuträufeln. Nach der halben Tasse, spuckt er nur mehr. „Was ist das verdammt noch mal! Grässlich!" Irina lacht erleichtert auf. Jonas ist wieder wach! „Wir hatten solche Sorge um dich! Ich dachte, ich bringe dich nur mehr tot nach Hause!", schluchzt Irina laut auf. Die Anspannung war zu groß. „Meine liebe Irina! Mir geht's gut!" Er nimmt sie in den Arm und legt sie auf seinen Körper, damit sie sich wieder beruhigen kann. Antoine sieht pikiert dem Tun zu. Was macht er da? Die Hausdiener feixen und Antoine schickt sie schließlich nach draußen. Das ist doch die Höhe! Aber er ist froh, dass es seinem Herrn gut geht. Da es an der Tür läutet, geht er dahin und öffnet dem eintreffenden Arzt. „Hallo Doktor! Bitte kommen Sie doch herein!" „Ich grüße Sie, Antoine! Wo befindet sich der Patient?" „Hier entlang, bitte!" Der Butler geht voraus. Er ist froh, dass die Frau nicht mehr auf Jonas liegt. Es gehört sich doch nicht! Wo kämen wir da hin?! Der Doktor hört sich alles an. Er entnimmt eine Blutprobe und eine Speichelprobe. Er hört ihn abschließend noch ab und misst den Blutdruck. „Ich kann oberflächlich nichts mehr erkennen. Ihre Hautfarbe ist blass, aber sonst könnte ich keine relevante Diagnose stellen. Ich lasse die Proben untersuchen und gebe ihnen Bescheid. Alles klar, Mister William?" „Danke, Doc!" Jonas setzt sich, entgegen Irinas und Eiras Bedenken auf und begleitet den Doktor vor die Tür. Er fühlt sich besser. Alleine der Kopf fühlt sich noch etwas pampig an.

Am nächsten Tag ist die Aufregung um die vermeintliche Vergiftung Jonas' abgehakt. „Irina! Du kommst mit mir!" Jonas wird jetzt nicht mehr auf sie verzichten! Sie hat Potential! Sie hat auf eine Ungeheuerlichkeit hingewiesen und jetzt zählt er sie zum Team… Irina, Sebastian und Jonas! „Was kann ich für dich noch tun?", fragt Irina, als sie mit Jonas in der Limousine sitzt. „Du bist jetzt im engeren Kreis! Du hast etwas entdeckt, dass ich wahrscheinlich nie gefunden hätte. Ich würde noch immer mit mir hadern, weil ich die Statistik nicht vollends entblättern konnte. Du schon." „Mmh…" Irina ist sich nicht sicher, ob sie seinen Erwartungen gerecht werden kann und wartet erst einmal ab. „Mike, ist Seb schon da?", fragt Jonas im Vorbeigehen. „Guten Morgen, Boss! Ja, ihr Partner hat im Büro übernachtet!", meint der junge Mann hinter dem Schreibtisch frech. Jonas bemerkt es nicht einmal. Irina grinst fröhlich und schiebt ein schnelles „Guten Morgen, Mike!" hinterher. Sie will Jonas nicht warten lassen. „Guten Morgen, Irina!", ruft Mike Irina nach und tätigt seine Sprechanlage. „Der Boss ist da!" Es kommt keine

Antwort von Sebastian. „Wo bleibt Sebastian?! Braucht er eine extra Einladung, oder was?" Jonas wird ungeduldig.

Einen Moment später ist Florence mit ihrer Post in der Chefetage. Gut gelaunt trällert sie ein Liedchen nach dem anderen. Gerne hält sie für ein Wörtchen bei Mike. Sie ist jedoch für ihre Verhältnisse in Eile. Sebastian ist gestern nicht gekommen! Sie hatten ein Date! Wo war er nur? „Guten Morgen Mike! Ist Sebastian schon da?" „Er war die ganze Nacht da!", murrt er. Da haben wir es! Ihr Liebster hat fleißig gearbeitet und sie darüber vergessen?! „Wo ist er?" Mike zeigt missmutig zu dessen Büro. Er versteht nicht, was sie an dem Mann hat. Er ist ein Arbeitstier und hat keine Zeit für die schönen Dinge des Lebens! Der gellende Schrei Florences schreckt Mike, Jonas und Irina auf. „Sebastian! Was ist mit dir!", weinend kniet Florence neben dem scheinbar leblosen Körper des großen Mannes. Immer wieder streicht sie über seinen Kopf und flüstert ihm Worte zu, dass er aufwachen solle, bitte! Tränennasse Augen blicken den hereineilenden Jonas, Mike und Irina entgegen.

„Ruf sofort zu Hause an! Eira muss kommen! Sie kann sicher helfen!", schreit Irina Jonas an. Aus einem Reflex heraus wählt er Antoine an. „Eira soll sofort hierherkommen. Sebastian ist bewusstlos in seinem Büro!" Er drückt den roten Knopf und kniet sich ebenfalls zu seinem Freund. „Ich spüre einen schwachen Puls!", meint Jonas erleichtert. Er spürt ihn doch? Oder nicht? Schwach, aber doch. Mike ruft den Arzt an. Sie müssen warten. Jonas meint irgendetwas tun zu müssen und fängt mit einer Herzmassage an. Das tun sie doch immer, wenn jemand schon fast hinweg ist, oder? Scheiße! Warum hat er keinen Erste-Hilfe-Kurs gemacht?! Irina hilft ihm und atmet in Sebastians Mund hinein. Abwechselnd versuchen sie Sebastian zu einer Regung zu bringen. Eins… zwei… drei… atmen… eins… zwei… drei… atmen… eins… zwei… drei… atmen. Jonas kommt ins Schwitzen. „Seb… bitte… tu mir das nicht an! Hast du gehört?", schreit er. Eins… zwei… drei… atmen… eins… zwei… drei… atmen.

Florence ist nur mehr ein kleines Häufchen Elend. Er wollte sie einladen… Sie haben sich geküsst… Es war so schön! „Sebastian, mein Lieber… bitte wach doch auf! Bitte!" Sie streichelt ihn verzweifelt über die Arme, Beine und wieder über die Arme. In ihrer Verzweiflung schüttelt sie ihn. Aber vergebens. Jonas und Irina tun weiterhin ihr Bestes. Eira stürmt hinter Mike herein. „Geht hier einmal zur Seite!" Sie kniet sich ganz nah an den bleichen Patienten, drückt seine Lider auf und leuchtet mit einer Stablampe hinein. Dann öffnet sie seinen Mund und zieht die Zunge heraus. Sie prüft gewissenhaft Farbe und Geruch. Sie kennt die Zeichen und hat vorsorglich den Rest von dem Trank, den sie gestern Jonas verabreicht hat, mitgenommen. Nun versucht sie ihr Glück bei diesem Mann. Sie tastet nach der Halsschlagader. Der Puls ist vorhanden. Schwach… aber er ist noch nicht tot. Jonas und Irina wollen fortfahren. „Nicht!", weist Eira sie weg. „Wir wollen doch nicht, dass wieder alles hochkommt. Wir müssen jetzt abwarten!" Jonas sieht sie entgeistert an. „Sollen wir zusehen, dass er uns entschwindet?!" Sie sieht ihn streng an und schüttelt den Kopf.

„Sebastian, mein Lieber!" Florence reißt sie aus der stummen nonverbalen Konversation. Sebastian hustet und dreht sich schwach zur Seite. Aus seinem Mund fließt Flüssigkeit, die Eira sofort mit einem trockenen Schwämmchen aufsaugt. „Sebastian! Ich bin so froh, dass du wieder bei uns bist!" Florence kost ihn und lässt sich nicht mehr abwimmeln. „Florence! Entschuldige, dass…" „Aber nein! Du konntest ja nichts dafür!" Florence ist voller Verständnis. Er kann doch nichts dafür, dass er sie nicht zu ihrem Date abgeholt hat! Mein Gott! Dann küsst sie ihn ganz leicht auf seine Lippen. Sebastian fällt wieder in seine Ohnmacht zurück.

„Meine Damen… meine Herren… bitte! Darf ich nach dem Patienten sehen?" Der Arzt ist gekommen. Auch er muss sich hinknien. Sebastian liegt noch immer am Boden, wo er aufgefallen ist. Keiner hat ihn bis jetzt auf die Couch gehoben. Aber dem Arzt ist es recht und untersucht ihn auf das Genaueste. Der Puls ist sehr schwach. Der Blutdruck zu nieder. Er bemerkt einen eigenartigen Geruch, woraufhin Eira ihm das mit der Flüssigkeit vollgesaugte Schwämmchen gibt. „Das ist aus seinem Mund gekommen! Können Sie dies bitte untersuchen lassen?" Er sieht sie wohlwollend an. „Das haben Sie sehr gut gemacht, Fräulein!" „Danke!" Dann berichtet sie, welchen Trank sie ihm verabreicht hat und assistiert ihm bei einer Blutabnahme. „Der CEO hat gestern eine ähnliche Reaktion gezeigt. Wir konnten ihn schneller behandeln, als Sebastian. Er ist die ganze Nacht alleine gelegen. Vielleicht bekommen Sie dieses Mal eine genauere Analyse?" Der Arzt nickt und packt die Blutproben in seine Tasche. „Ich muss den Patienten in das städtische Krankenhaus einweisen lassen. Sein Zustand scheint kritisch zu sein. Bitte rufen sie einen Krankenwagen!" bittet er Mike neben ihm.

Florence ist entsetzt. Am liebsten würde sie mitfahren. Aber Jonas zwingt sie zu ihrer Aufgabe. „Florence, du kannst jetzt nicht viel machen! Er ist schon wieder ohnmächtig geworden. Du siehst, er wird noch etwas länger brauchen, bis er wieder bei sich ist. Außerdem wird er einige

Untersuchungen durchlaufen müssen. Du kannst ihm nicht beiseite stehen! Später bringen wir dich zu ihm. Versprochen!" Sehnsüchtig blickt sie den Rettungssanitätern nach, als sie Sebastian mit der fahrbaren Trage abtransportieren. Laut aufseufzend schiebt sie ihren Postwagen weiter. Die schrecklichen Neuigkeiten über den Vize verbreitet sich in Windeseile, wobei Florence sicher ihren größten Anteil dazu beiträgt. Sie muss ihren Kummer hinausschreien, indem dass sie jedem, der es hören möchte, es erzählt. Ihre Tränen fließen dabei ungehindert und sie hat viele tröstende Menschen um sich.

Wer ist es?

Jonas und Irina sitzen lange schweigend, wie gelähmt da. „Wer war das?! Wer tut so etwas? Zuerst ich und dann Sebastian? Wer kommt als nächstes?", stammelt Jonas dahin. Irina sitzt einfach nur da und hört ihm zu. „Vielleicht ist es jemand, der Angst vor Entdeckung hat?" „Entdeckung vor was?" „Vielleicht wegen der illegalen Kontobewegungen?" Jonas sieht Irina entsetzt an. „Wer soll jetzt schon wissen, dass ich die Statistiken gesehen und richtig gelesen habe?" „Denk nach! Von wem hast du die Statistiken? Wer hat Zugriff zu diesem Profil?" Jonas denkt nach. „Die Auswertung ist von der Finanzabteilung. Außerdem habe ich die Kontobewegungen der letzten drei Jahre angefordert! Mein Gott! Der Einzige, der Zugriff zu den Features hat, ist der Abteilungsleiter, Sebastian und ich…"

Jonas sitzt wie ein Häufchen Elend da. Sein Freund wird es vielleicht nicht überleben! Seine Gedanken kreisen nur um ihn. „Sehen wir einmal nach, was

Sebastian gestern noch alles herausgefunden hat." Irina denkt nach. Was kann Sebastian herausgefunden haben, dass er mit seinem Leben bezahlen muss?! Sie geht hinüber in sein Büro und nimmt hinter seinen Schreibtisch Platz. Der Computer hat sich selbstständig ausgeschaltet. Sie nimmt das Telefon zur Hand und wählt Jonas an, der seinen Namen auf der Kurzwahltaste hat. „Ja?" Die brüchige Stimme von dem CEO meldet sich. „Jonas! Reiß dich zusammen! Wie ist das Passwort vom Computer Sebastians!" „Wer will das wissen?" „Ich! Herrgott noch einmal!" „Ich komme!" Sein Denkvermögen hat noch nicht wirklich eingesetzt und begegnet misstrauisch Irinas Blick. „Was machst du da?" Irina sieht ihn streng an. „Ich versuche herauszufinden wer so etwas tut, was er getan hat! Gib mir gefälligst das Passwort... jetzt!" Er kommt zu ihr rüber und gibt es selbst ein. Die letzte Seite floppt auf. Jonas erkennt die Akte von dem Finanzleiter Herrn Vogel. Was hat er hier gesehen? John kann nichts erkennen. Irina murmelt dahin und schreibt auf einen Block verschiedene Notizen. John kann ihr nicht folgen. „Was machst du da?" „Ich schreibe mir auf, wann er im Büro war und wann nicht! Urlaub… Krankenstand… und so weiter!" Gewissenhaft prüft sie die letzten Jahre. Immer wieder nimmt sie den Bleistift quer in den Mund. Jonas holt sich einen Sessel und setzt sich zu ihr.

„Jetzt bräuchte ich noch die Zeiten, die er auf seinem Computer gearbeitet hat. Die müssten ja auch irgendwie aufgezeichnet sein…", sagt sie abwesend… voll in ihrer Konzentration. „Sicher! Aber das ist alles Datenschutz! Ich hoffe, dass du das alles für dich behältst!" „Scheiß auf den Datenschutz! Sebastian soll es nicht umsonst gemacht haben!" Sie hat recht. Jonas zeigt ihr die Seite, wo die Aufzeichnungen sich aufrufen lassen. „Wer hat hier alles Zugriff?" „Nur Sebastian!" „Aha…" Ihre Zungenspitze lugt hervor. Ihre Augen starren den Monitor an. Die Zahlen wechseln in einer Geschwindigkeit, dass Jonas nicht mehr mitkommt. Dann erstarrt sie. „Da haben wir es!", Triumphierend hebt sie beide Fäuste. „Was?!" „Vogel war an mehreren Computern, als er eigentlich im Krankenstand gewesen sein müsste! Ich muss seine Anwesenheit noch mit den Kontobewegungen abgleichen und wir brauchen noch diverse Videoaufzeichnungen, um es untermauern zu können. Es könnte wer anderes auch an den Computern gewesen sein!" „Das denke ich nicht! Außer jemand anderes hat sein Passwort verwendet und das glaube ich nicht!" „Wo sind die Videoaufnahmen?" „Die kann uns Charlie besorgen! Komm!"

Jonas ist aufgeregt. Sollte Sebastian seine Recherchen so weit gebracht haben? Aber wie hat Vogel es geschafft, dass er ihn vergiften konnte? Er betritt mit Irina Charlies Abteilung der Sicherheit. „Hey Irina! Mein Büro…!", jammert er. „Was ist damit?" Shit! Sie hat ganz vergessen, dass sie dabei gewesen ist, Charlies Büro auf Vordermann zu bringen.

Jonas greift ein. „Charlie, wir brauchen Videoaufzeichnungen der letzten drei Jahre! Die hast du doch?" Charlie richtet sich steif auf. „Natürlich, Chef! Die letzten sieben Jahre! Dann ist Schluss!" „Wie kommen wir dran?" „Kommt! Ich muss sie am Computer aufrufen und es müsste schnell gehen!" Es ist still im Saal geworden. Charlie dreht sich um. „Was gafft ihr alle so? Das ist der Oberboss und Irina! Husch… husch… an die Geräte!" Er sieht sie streng an und dreht sich mit seinem Strahlelächeln wieder zu Irina. „Meine Leute sind etwas neugierig. Aber sie sind gute Leute!" Irina lacht kurz auf. Charlie ist ein strenger Boss, aber ein ebenso ein gutmütiger. Er setzt sich hin und gibt sein Passwort ein. ‚Butzi1'… Irina lacht laut los. Der riesenhafte, muskelbepackte Mann hat ein unglaubliches Passwort! Jonas sieht Irina an, als hätte sie nicht alle Tassen im Schrank. Er hat es nicht gesehen, was Charlie da gerade eingegeben hat.

„Hier sind sie! Bedient euch!" Charlie steht auf und Irina nimmt Platz. Sie scrollt sich auf bestimmte Datums und wird fündig. „Siehst du Jonas? Hier… hier… und hier sollte er im Krankenstand sein. Hier… hier… hier… und hier sollte er im Urlaub sein. Aber er war fast immer kurz an einem Computer mit seinem Passwort! Wir müssen noch nachsehen, welche Konten er gefüttert hat und dann haben wir ihn!" Jonas ist sich sicher, dass er ohne Irina noch nicht einmal ansatzweise etwas gefunden hätte. Seine Gedanken

sind blockiert. Wie geht es Sebastian?!
Irina schließt ab. Die Konten findet sie
auch auf Sebastians Computer. „Wir sind
hier fertig!", meint sie. Als sie wieder im
Büro Sebastians sind, fragt sie Jonas.
„Warum rufst du nicht im Krankenhaus
an und erkundigst dich nach Sebastian?
Ich sehe doch, dass du sehr besorgt bist!
Glaubst du, dass du mir soweit vertrauen
kannst und mich hier alleine
weitermachen lassen kannst?" Sie sieht
ihn von unten her an und er sieht sie ernst
an. Sie haben eine lange vertraute Zeit
hinter sich. Die Zeit im Urwald hat sie
alle zusammen geschweißt. Er vertraut
ihr bedingungslos. Er nickt. „Ich werde
dir Mike zur Verfügung stellen. Er weiß
alles und kann dir sicher weiterhelfen. Ich
fahre ins Krankenhaus und sehe nach
Seb." Dann beugt er sich zu ihr nach
unten und küsst sie zärtlich auf die Stirn.
„Für was war das denn?" Natürlich tut es
ihr gut. Jonas ist immer ein zärtlicher
Gefährte zu ihnen allen gewesen.
Manches Mal hat er besser, als sie alle
gewusst, was ihnen fehlt. So auch dieses
Mal. Oder vielleicht hat er es selbst
gebraucht? Sie weiß es nicht so genau.
Dann ist er weg.

„Hi Irina! Der Boss meint, dass du mich vielleicht brauchen könntest?" Irina ist schon in den Zahlen vertieft. „Ja…" Sie ist ganz bei den Konten. Fleißig schreibt sie alles auf, was ihr verdächtig vorkommt. Dann blickt sie auf. „Ich kann deine Hilfe wirklich gebrauchen. Warum schreibst du nicht einfach auf einen Block, was ich dir diktiere? Dann geht es schneller voran." Er nickt und holt sich einen von seinem Schreibtisch und lässt die Türe offen stehen. Sollte jemand kommen, hört er ihn sofort.

Geheimnisse

Irina und Mike kommen zügig voran. Mike fällt auf, dass es viele verschiedene Kontozahlen mit Bankleitzahlen aus mehreren Ländern, vorwiegend aus der Karibik, sind. „Willst du Geld waschen, oder was?" „Mmm…", eine nichtssagende Antwort für Mike. Irina ist zu beschäftigt, als dass sie ihn jetzt aufklärt. Das Telefon läutet. Mike springt auf. „Entschuldige!" Irina nickt und lehnt sich zurück. Sie will entspannen, derweil Mike das Telefonat führt. Kurz schließt sie die Augen und reibt sich die Stirn. Dann streckt sie sich und sieht Mike entgegen. „Die Polizei kommt. Mirjam war dran." „Scheiße! Versteck deinen Block! Wir wollen unsere Aufschreibungen nicht gleich wieder verlieren! Da steckt so viel Arbeit dahinter!" Mike läuft hinaus. Was er vorhat, kann sie nicht sagen. Sie fährt den Computer hinunter und schließt schnell die Bürotür von außen und setzt sich zu Mike in das Vorzimmer der Chefetage. Scheinbar gelangweilt blättert sie sich durch die Klatschzeitschriften. Die Polizei kommt herein.

„Wo befindet sich Jonas William?" Der uniformierte Polizist steht, in Begleitung eines Mannes in Zivil, vor Mikes Schreibtisch. „Es tut mir leid, meine Herren! Der CEO ist nicht im Hause! Wollen Sie einen Termin vereinbaren?" „Wir haben eine Anzeige des hiesigen Krankenhauses erhalten, dass der Vizedirektor von William J. Enterprises, Sebastian Jackson, vergiftet wurde." „Wir wissen es bereits!" Mike spielt mit offenen Karten. „Meine Herren, darf ich ihre Ausweise sehen? Dann kann ich ihnen ihre Fragen beantworten." Der uniformierte Polizist zückt seine Dienstmarke und der Zivile zeigt seinen Ausweis. Gewissenhaft schreibt Mike die Nummern und Namen auf und weist sie auf einen Platz in der Nähe von Irina. Er müsse die Identitäten prüfen, sagt er. Zu Mikes Erleichterung erscheint Carlos. „Was ist hier los?" Natürlich hat er einen Hinweis von Mirjam erhalten und ist sofort zu Mike aufgebrochen. Bis jetzt hat er abgewartet. Aber nun beginnt sein Part. Die Polizei ist Behörde und muss mit Umsicht behandelt werden. Er wendet sich sofort zu den beiden Männern, die auf Mikes Bitte, Platz genommen haben. Der zivile Polizist steht auf. „… und wer sind sie?" Carlos richtet sich auf. „Ich bin Dr. Carlos Espositos! Ich bin der Anwalt von William J. Enterprises! …und Sie sind?" „NYPD… Special Agent Gable!", stellt er sich vor. „Was kann ich für Sie tun, Special Agent Gable?" „Wir kommen wegen Sebastian Jackson." Carlos hat davon gehört. Aber er weiß noch immer nicht, was Sache ist. „Was ist mit Herrn Jackson?" Gable zieht eine Augenbraue in die Höhe. Dann räuspert er sich. „Laut dem städtischen Krankenhauses liegt eine Vergiftung an Herrn Jackson vor!" „Sie reden davon, dass er tot ist?" Carlos will den Herrn etwas hinhalten. Noch weiß er überhaupt nichts. „Nein, das wissen wir noch nicht." Carlos, Mike und Irina atmen innerlich auf.

Carlos sieht die Herren der New Yorker Polizei sinnend an. „Was kann ich nun für Sie tun, meine Herren?" „Wir wollen den CEO persönlich sprechen. Vielleicht auch diverse Abteilungsleiter, mit denen Sebastian Jackson hauptsächlich zu tun hat? Wer hat Herrn Jackson gefunden?"

Carlos überlegt und nickt. „Herr Jonas William ist nicht im Haus! Fräulein Florence Dupois hat Herrn Jackson in seinem Büro aufgefunden. Mike, wo ist Fräulein Dupois?" „Jonas und Florence sind ins Krankenhaus gefahren!", berichtet Mike. Special Agent Gable will natürlich auch von Mike und Irina wissen, wer sie sind und in welcher Position sie in diesem Unternehmen tätig sind und wie sie zu Herrn Jackson stehen. Alles was sie bekommen, sind vage Auskünfte, die geschickt von Herrn Dr. Espositos ausgeführt werden.

Inzwischen sind Jonas und Florence an der Schwesternstation der Intensivabteilung des Krankenhauses angelangt. "Wir wollen zu Herrn Jackson Sebastian, bitte!" „…und wer sind Sie, wenn ich fragen darf?" Die Schwester sieht ihn streng an. „Es dürfen nur Familienangehörige zu ihm und sonst niemand.", weist sie ihn gleich darauf hin. Jonas überlegt nicht lange und meint zu ihr: „Sehen Sie, diese junge Frau neben mir ist Florence Dupois. Sie ist die Verlobte von Sebastian. Sie macht sich schon so große Sorgen!" Florence bleibt die Luft weg. Verlobt! Irgendwie gefällt ihr der Gedanke. Aber… Dann nickt sie kurzentschlossen. Nur so kann sie Sebastian sehen! Ihr von Tränen verquollenes Gesicht überzeugt die Schwester von der Richtigkeit der Angabe des attraktiv-vornehmen Herrn. „Wer sind Sie, wenn ich fragen darf?", etwas skeptisch blickt sie schon noch drein. Aber sie schenkt den beiden Glauben und reicht ihnen eine Anmeldeliste, in der sie sich eintragen müssen. Dann werden Sie von einer jungen Schwester weitergeführt.

Sie kommen an einigen Kojen vorbei, bis sie den Namen Sebastian Jackson lesen. Es wäre auch egal gewesen, weil Jonas den Bruder von Sebastian in der Koje sofort ausgemacht hat. Er sieht sich um. Emilie, die Frau von dem Bruder kommt auf sie zu. „Emilie!" „Jonas! Ich bin froh, dass du hier bist. Michael sitzt schon eine ganze Weile da drinnen!" Jonas nickt. Er hat sie tröstend in den Arm genommen und lässt sie nun vorsichtig frei. Er stellt ihr Florence vor. „Sie ist die Freundin von Sebastian." Emilie ist neugierig. Sebastian hat eine Freundin? DER Sebastian, der Luftikus der Brüder? Dann fängt sie an zu strahlen und nimmt

Florence herzlich in den Arm. „Dass wir das noch erleben dürfen! Du musst etwas ganz Besonderes sein, Florence!" Florence weiß gar nicht wie ihr geschieht und lässt diese spontane Reaktion über sich ergehen. Dann dreht sie sich um und stockt. Dieser Mann… Er sieht aus wie Sebastian! „Sebastian?" Unsicher blickt sie den Mann vor sich an… dann zur Seite in die Koje und wieder zurück. „Ihr seid Zwillinge!" Die Erleuchtung kommt ganz plötzlich. Michael sieht sie fragend an. Sie ist ihm noch nicht vorgestellt worden. „Wer sind Sie?" „Ich bin Florence. Ich bin die Freundin von Sebastian!", meint sie nun selbstbewusst und reicht ihm die Hand. Michael sieht sie jetzt viel aufmerksamer an. Wieso weiß er davon noch nichts? Vorerst nickt er freundlich. Er lässt sie los und sie umrundet ihn und geht zur Verglasung der Koje. „Du darfst hinein, wenn du möchtest!", weist Jonas sie darauf hin. Sie nickt.

Ausgestattet mit Mundschutz, einem Kittel und Schutzfolien für die Schuhe geht sie zaudernd hinein. Sie hat Angst vor dem, was auf sie zukommt. Wie geht es ihrem Sebastian? Vorsichtig setzt sie sich auf den Stuhl, als wäre er

177

zerbrechlich. Wieder den Tränen nahe, beobachtet sie sein regungsloses Gesicht. Eine Flasche mit klarer Flüssigkeit hängt über Sebastian und tropft permanent durch den Schlauch in seinen Arm. Ein Beatmungsschlauch hängt aus dem Mund. Ein Katheterschlauch führt aus der Decke in einen Beutel, der etwas Urin enthält. Ein Finger ist mit einer Kneifklammer versehen, der seinen Puls aufzeichnen soll. Sie sieht auf den Monitor vor sich, wie um sich zu überzeugen, dass er noch lebt. „Sebastian!", flüstert sie beschwörend, als wolle sie ihn aufwecken. Aber seine Funktionen bleiben ruhig und gleichmäßig. Sie greift nach seiner Hand mit der Kneifklammer. Sie ist warm. Wenigstens etwas, weil ihre eiskalt ist! „Du musst wieder aufwachen, Sebastian. Die Leute in der Firma brauchen dich!", versucht sie es weiter. „Ich brauche dich auch!", wispert sie mit leiser Stimme. Schniefend wischt sie die kullernden Tränen von ihrer Wange. Erschöpft legt sie jetzt die Wange an seine Hand. Es tröstet sie und sie reibt sich ein klein wenig daran.

Ein durchdringender Pfeifton schreckt sie aus ihrer stillen Trauer. Eine Schwester kommt hereingeeilt, die sofort die Ursache erkennt. „Sie haben die Klammer gelöst!", meint sie beinahe vorwurfsvoll. „Oh… Entschuldigung! Das wollte ich nicht!", entsetzt sieht sie nach der Hand, als hätte sie ihm etwas angetan. Aber die Klammer ist sofort wieder an seinem Platz. Dennoch bittet die Schwester, dass sie jetzt gehen möge, denn der Patient brauche Ruhe. Florence nickt und wird sofort von Jonas in die Arme genommen. Sie ist wirklich kopflos und verwirrt! Michael beobachtet irritiert diese zärtliche Geste. Diese beiden haben eindeutig eine Beziehung… nur welcher Art, kann er nicht ausmachen …und wie Sebastian hinzu passt? „Was machen wir jetzt?" „Wir gehen etwas essen! Florence du hast sicher seit dem Frühstück nichts zu dir genommen, oder? Du fühlst dich danach gleich besser!", bestimmt Jonas. Michael und Emilie sehen sich an. Da ist Aufklärungsbedarf nötig. Gemeinsam gehen sie auf die Straße und fahren zu Jonas nach Hause. Er hat sie eingeladen und gleichzeitig Antoine Bescheid gegeben. „Sir! Dr. Esposito ist dran!", informiert der Chauffeur Andrew, Jonas. „Stellen Sie zu mir durch, bitte! …Jonas! Was gibt es?" Jonas hat den Hörer im Fond des Wagens abgehoben. „Jonas! Wo bist du? Die Polizei war in der Firma! Es ist wegen der Vergiftung Sebastians!" „Shit! Kannst du rauskommen? Ich bin mit seinem Bruder, Emilie und Florence unterwegs nach Hause!" „Ich komme! Es kann sein, dass die Polizei dich dort schon erwartet! Kein Wort ohne mich!" „Geht klar… danke Carlos!" Tatsächlich werden sie schon von einem Polizisten vor einem Wagen erwartet.

Andrew fährt vor und lässt seine Fahrgäste aussteigen. Im Haus werden sie von einem ernsten Antoine erwartet. „Herr Jonas! Gut, dass sie da sind. Special Agent Gable ist im Salon und hat Cara bei sich! Das arme Mädchen!" Der alte Mann schüttelt besorgt den Kopf. Jonas eilt ohne weitere Worte in den Salon. „Was ist hier los!" Misstrauisch beäugt er den fremden Mann, der Cara gegenüber sitzt. „Jonas! Du hast mich erschreckt! Das ist Special Agent Gable …ein sehr netter Mann!" Der Agent sagt dazu kein Wort, steht aber auf, um Jonas in Empfang zu nehmen. „Sie sind Jonas William von

William J. Enterprises?" „Ja, genau! Was machen Sie hier? Welche Berechtigung haben Sie, dass sie ein unbeteiligtes Mädchen belästigen?" „Sie wissen, weshalb ich hier bin?", fragt Gable lauernd. „Natürlich! …Sebastian Jackson…" Ein Schatten huscht über seine Züge. In diesem Moment kommt Carlos hereingeschneit. „Ah… Special Agent Gable! Cara! Ich freue mich, Sie zu sehen!" Cara lächelt strahlend. Dieser Italiener ist immer sehr schmeichelhaft. „Hallo Carlos, ich freue mich auch sehr!" Carlos gibt ihr die Hand und schenkt ihr ein kleines Küsschen auf die Hand und raunt ihr zu: „Könntest du uns jetzt alleine lassen?" Sie nickt. Es ist ernst, sonst müsste er sie nicht nach draußen schicken und geht.

„Sebastian, ich freue mich dich zu sehen!" „Cara, das ist nicht Sebastian! Das ist sein Zwillingsbruder Michael und Emilie!", berichtigt Florence Cara mit einer Leidensmiene, die Cara so nicht an ihrer Freundin kennt. Sofort schrillen die Alarmglocken. „Was ist los, Florence?" Sie hat noch keine Ahnung von den schrecklichen Vorkommnissen. Sie ist völlig ahnungslos, umso schockierter ist sie über die stockende Erzählung ihrer Freundin. „Florence, das ist ja ungeheuerlich! Wer tut denn so etwas?!" …und hält sie fest in den Armen. Antoine ruft sie alle in den Speisesaal. „Essen ist fertig, meine Damen!" Er führt die Gäste voran und hält für die Damen die Sessel bereit. Jonas und Carlos kommen nicht lange danach herein. „Ist Agent Gable schon gegangen?", fragt Cara. „Ja." „Schade. Er ist ein sehr netter Mann!" Jonas schüttelt nur den Kopf. Gesprächsthema Nummer eins ist natürlich die Vergiftung Sebastians. „Wie konnte es dazu kommen?", fragt Michael. Ich und Emilie wollten ihn besuchen, weil wir eine gute Nachricht für ihn haben. Stattdessen muss ich erfahren, dass er im Krankenhaus um sein Leben kämpft!" Emilie greift nach der Hand Michaels. Zu gut kann sie sich erinnern, dass sie und Michael einmal in derselben Lage waren und um ihre Leben gekämpft hatten.

„Wir wissen es noch nicht, wie es passiert ist. Ich selbst wurde ebenfalls vergiftet, wurde aber rechtzeitig gerettet. Sebastian ist die ganze Nacht über mit dem Gift in sich, in seinem Büro gelegen!" Wäre Eira nicht gewesen, weiß ich nicht, ob wir beide es überlebt hätten!" „Wer ist Eira!" „Oh Eira! Eira ist eine Heilerin!", mischt sich Cara ein. „Sie ist über viele Kräuter kundig!" Florence nickt heftig mit dem Kopf dazu. Jonas lächelt gequält. Ja, wäre Eira nicht, gäbe es ihn auch nicht mehr. „Michael, ich weiß nicht, ob dir Sebastian über meine Abwesenheit, vor nicht langer Zeit, erzählt hat?" Michael schüttelt den Kopf. „Nein." „Ich war des Mordes angeklagt und flüchtete, dass ich nicht in Arrest gehen musste und landete im Urwald von Komi. Frag mich nicht, warum gerade dort…" „Ja! Er ist geradewegs in Aksinjas Arme gelaufen!", kichert Cara. „Na ja, die beiden und noch andere Mädchen haben dort gelebt und haben mich aufgenommen. Ich habe fast ein Jahr mit ihnen verbracht, bis ich von Carlos die Nachricht bekommen habe, dass ich nach Hause kommen darf. Sebastian hat mich und sieben Frauen mit einem Lastauto aus dem Dschungel geholt. Ich habe sie alle hier einquartiert und mittlerweile arbeiten sie, bis auf Cara in William J. Enterprises."

Michael verstummt kurz, dann lacht er laut los. Fassungslos schüttelt er seinen

Kopf. „Sebastian hat euch alleine aus dem Dschungel geholt... unser Sebastian?!" Jonas hebt die Augenbrauen. „Ja... Ich bin ihm äußerst dankbar dafür!" „Dann muss ich dir etwas erzählen und du wirst ihm noch dankbarer sein für das, was er getan hat! Wir und einige Freunde aus dem Internat waren an einem Überlebenstraining beteiligt. Zuerst war es ja lustig, aber dann wurde es bitterer Ernst. Gerade Sebastian wurde beinahe von einer giftigen Schlange gebissen, von einer hochgiftigen Spinne angesprungen und beinahe von einer Bärenmama getötet! Er war am Ende mit seinen Nerven! ...Dieser Sebastian ist alleine in den Dschungel gefahren, um dich abzuholen?! Alle Achtung!" „Also, das muss ich mir noch erzählen lassen!", meint Jonas in Gedanken. „Aber dein Aufenthalt in der Wildnis ist interessant. Wenn du Lust hast, erzählst du es mir bei Gelegenheit!", meint Michael. Cara und Florence haben gerade nichts Besseres zu tun, als zu essen. Die Erinnerung an die eine Nacht tritt gerade jetzt sehr deutlich in ihr Gedächtnis. Indessen bietet Jonas den Gästen an, doch einige Zeit, bis zu Sebastians Genesung, seine bescheidene

Hütte in Anspruch zu nehmen. „Danke! Das tun wir gerne, nicht wahr Emilie?" „Mhm…!" Dabei will sie die Frauen treffen. Sie ist neugierig. Da ist noch mehr… Es ist reiner Instinkt!

Sie soll schon bald die Gelegenheit bekommen, denn Cara lädt Emilie in den hauseigenen Spa ein. Da Emilie in denselben Alter zu sein scheint, freunden sie sich schnell an. „Komm doch mit uns mit in den Spa. Es ist herrlich dort zu verweilen. Du musst wissen, dass wir sieben Jahre ohne heißes Wasser auskommen mussten und hier gibt es warmes Wasser in Hülle und Fülle! Herrlich!" Emilie geht mit Florence und Cara mit und ist erstaunt, dass die beiden jungen Frauen ihre Hüllen ohne Scham vor ihr fallen lassen. Also ziert sie sich nicht und macht es ihnen gleich. Zu ihrer Erleichterung bekommt sie einen flauschigen Bademantel zur Verfügung, den sie sich vorerst anzieht. Bald sind die drei Frauen nackt im Pool, der am Rand das Wasser leicht sprudelt. „Warum hattet ihr kein warmes Wasser zur Verfügung?", fragt Emilie neugierig. „Wir konnten uns nur in einem kalten Bach sauber machen, was wir nur alle zwei, drei Tage taten.", erklärt Cara achselzuckend. „Das ist ja schrecklich! Warum wart ihr eigentlich im Urwald?" „Na ja, Aksinja, Irina und Olga sind vor der russischen Miliz geflohen und wir übrigen haben es anfangs als Abenteuer gesehen." Cara zuckt die Achseln. „Gott sei Dank ist Jonas aufgetaucht, sonst wären wir immer noch dort!", schaudert Florence. Emilie sieht die junge Französin genauer an. Sie ist hübsch. „Bist du die Freundin von Sebastian?" Florence windet sich. „Äh… ja… nein… eigentlich hätten wir ein Date gehabt, aber es ist nie dazu gekommen!" Traurig verzieht sich ihr hübsches Gesicht. Ihre Augen sind schon wieder nass.

„Florence, du hast Sebastian im Büro gefunden, nicht wahr? Es muss furchtbar für dich gewesen sein.", meint Cara. Florence wimmert kurz auf. „Aber Schluss mit den traurigen Sachen. Wir wissen, dass Sebastian wieder gesund wird. Er muss! Emilie! Erzähl uns von dir und Michael! Ich dachte schon, Sebastian stünde vor mir!", kichert Cara. Emilie schmunzelt. „Tja… was soll ich sagen? Michael hat mich im Internat gesehen, als ich neu angekommen bin und nicht mehr gehen lassen!" Sie lacht. „Anfangs war ich wütend auf ihn. Aber die Chemie stimmte und ich konnte mich nicht dagegen wehren. Aber wir hatten einen schweren Unfall, der uns beiden fast das Leben kostete. Wir landeten, wie Sebastian auf der Intensiv." „Oh…!", Cara zieht scharf die Luft ein. „Michael hat es schlimm erwischt. Er landete im Rollstuhl. Nur mit eiserner Disziplin lernte er wieder gehen. Er ist fast wieder der Alte. Wir hatten Glück.", Emilie zuckt mit den Schultern. Es ist vorbei und sie können sich auf die Zukunft freuen.

Emilie sieht über Cara und Florence hinweg. Drei Frauen kommen herein. „Hallo!", rufen sie zu niemanden besonderen und entkleiden sich bis auf die Haut. Es scheint keine Hemmungen zwischen den Frauen zu geben, bemerkt Emilie. „Aksinja! Darf ich dir vorstellen? Das ist Emilie, die Freundin von Michael, dem Zwillingsbruder von Sebastian. Sie sind zu Besuch hier! Emilie… das sind Aksinja, Irina und Olga!" Sie nicken sich mit dem Kopf zu. Aksinja wendet sich sofort an Florence. „Wie geht es Sebastian? Ich habe gehört, was passiert ist. Die Nachricht ist wie ein Lauffeuer durch die Firma gegangen! Entschuldige, dass ich nicht bei dir sein konnte!" „Ach Aksinja! Jonas war bei mir! Sebastian geht es nicht gut! Der Arme liegt auf der Intensiv. Es ist schrecklich!" Aksinja nimmt Florence fest in den Arm, um ihr Trost zu spenden. Emilie beobachtet sie neugierig. Die Frauen sind nackt. Sie haben wirklich keine Hemmungen. Aber es ist nur eine Umarmung, sagt sie sich immer wieder vor. Eira und Jannika kommen herein. Sie springen ebenfalls splitterfasernackt in den Swimmingpool hinein. Emilie wird es zu viel. Nach der Vorstellungsrunde entschuldigt sie sich und klettert hinaus. Sie wirft sich den Bademantel über und legt sich auf die Liege.

Etwas später kommt Jonas in den Spa. „Hallo Mädels! Geht's euch gut?" Nachdem sie ihm versichert haben, dass alles okay ist, sieht er Irina an. „Hast du noch etwas herausgefunden?" Sie schwimmt an den Rand und springt behände heraus. Emilie ist erstaunt. Irina kennt nicht einmal Hemmungen vor Jonas, nackt herumzuspazieren! Sie sieht ihr nach. Irina holt sich einen Bademantel von dem sauberen Stoß und zieht ihn über. „Komm rüber, ich erzähle es dir, was Mike und ich herausgefunden haben. „Wo ist Michael?", hält Emilie Jonas auf. „Er wollte noch zu seinem Bruder fahren." Emilie nickt. Die beiden sind ein Herz und eine Seele. Geht es einer Hälfte nicht gut, ist der andere nicht glücklich und hält sich permanent an seiner Seite auf. So war es auch damals, als Michael diesen Unfall hatte. Es macht ihr nichts aus.

„Es ist dein Finanzleiter, der die Beträge eingesackt hat! Ich bin mir zu einhundert Prozent sicher! Mike und ich haben jede Menge Parallelen gezogen. Es kann nur dieser Vogel sein!", meint Irina. Jonas nickt. Vogel ist schon von Anfang an verdächtig gewesen! Er überlegt, wie er weiter verfahren soll. „Irina, ich bin froh, dich zu kennen! Jetzt verliere ich einen Finanzleiter. Aber vielleicht willst du den Job?" Irina wird rot. „Meinst du wirklich?", verlegen guckt sie weg. „Du kannst das, oder?" „Ich denke schon!" „Klar, kannst du das! Du hast den Job!" „Jonas…? Wow!" Sie steht auf und umarmt ihn ohne Scheu. Jonas drückt sie fest an sich. Nicht weil sie fast nackt ist, sondern weil er froh ist, eine Sorge weniger zu haben. „Komm, sagen wir es den anderen!", lacht er. Irgendwie ist eine Blockade gelöst und er ist sehr froh darüber. Die Sorge um Sebastian wird sich auch noch auflösen. Er ist voller Zuversicht. Er steht mit Irina am Beckenrand. „Mädels, alle mal herhören! Darf ich euch vorstellen... unsere neue Finanzleiterin von William J. Enterprises!" Das Geschrei... das Gelächter... die Freude ist echt. Irina wird regelrecht hochgejubelt. Jonas grinst. Emilie bekommt eine ungefähre Vorstellung, was Jonas für die Frauen ist... ein echter Kumpel, den sie viel zu gerne haben, um an verdrehte Gesellschaftsregeln zu denken.

Gute Nachrichten

Michael sitzt bei Sebastian in dessen Koje auf der Intensivstation des Krankenhauses. „Mensch, jetzt weiß ich, was es heißt, wirkliche Angst um jemanden zu haben!" Michael sitzt in einem Plastikstuhl und redet mit Sebastian, als würde er zuhören. „Aber jetzt wäre es an der Zeit, dass du aufwachst, Bruder! Du hast schon lange genug geschlafen! Ich bin mit Emilie über den Ozean geflogen, um dich zu unserer Hochzeit einzuladen. …und was machst du? Du lässt dich einfach vergiften! Was zu viel ist, ist zu viel!" „Wa… ha… du… sa?" Sebastian verstummt erneut. Aber sein kleines Lebenszeichen bringt Michael dazu, den Kopf zu heben. Hat er nicht gerade etwas gehört? Er beugt sich nach vorne und blickt den Monitor an. Die Kurven sind anders geworden. Schneller… der Puls ist schneller? „Schwester!", schreit er. Die Stationsschwester kommt soeben herein. „Ich habe es soeben mitbekommen. Unser Patient scheint aufzuwachen!", lächelt sie ruhig. Sie ist viel zu ruhig!

Michael ist aufgeregt aufgesprungen. Der Sessel ist mit einem Knall umgekippt. Die Schwester schüttelt nachsichtig den Kopf. Michael rennt nervös vor dem Bett auf und ab, derweil sie den Monitor prüft und wieder auf Sebastian sieht, der doch tatsächlich die Augen offen hält. „Sebastian!" Michael ist ganz aus dem Häuschen.

„Bitte verlassen Sie die Koje. Ich muss den Arzt holen, der ihn untersuchen muss!" Widerwillig lässt er sich hinausschieben. Aber er bleibt an dem Fenster, wie ein kleiner Junge vor dem Süßigkeitsladen, stehen. Sein Bruder hat es geschafft! Er fängt an zu weinen. Die Anspannung, von der er nichts gewusst hat, fällt von ihm ab. Endlich greift er nach dem Handy, um die frohe Botschaft zu verkünden. Da er nur die Nummer seiner Verlobten hat, ruft er sie an. „Emilie! Er ist wach! Er ist wach! Sebastian hat es geschafft!" Er legt sofort auf, ohne eine Antwort abzuwarten. Sein Fokus ist auf seinem Bruder. Er darf ihn nicht aus den Augen lassen. Sie haben sich so viel zu erzählen!

„Sebastian ist wach!", lacht Emilie. „Was hast du gesagt? Sebastian…?" Florence guckt zuerst ängstlich, dann als Emilie sich wiederholt, strahlt ihr Gesicht derart auf, dass Emilie total fasziniert ist… Es scheint, als würde die Sonne aufgehen! Florence zieht sich am Beckenrand aus dem Wasser und eilt mit dem, schnell übergeworfenen Bademantel, hinaus aus dem Spa. Sie will so schnell wie möglich zu Sebastian! „Jonas!", brüllt sie mehrmals, bis er sie endlich hört. Er wollte gerade mit Irina in die Firma, um die nötigen Vorkehrungen zur Überführung Vogels vorzubereiten. „Florence! Was ist los?" „Sebastian… Er ist aufgewacht! Ich muss zu ihm!" Jonas ist erleichtert. Die gute Nachricht beflügelt ihn. „Nimm Andrew! Irina und ich fahren selbst!" „Danke!" Florence schickt ihm einen Kuss und eilt in ihr Zimmer, um sich fertig zu machen." Unterwegs küsst sie freudig und lachend Antoine und dreht sich mit ihm im Kreis. „Sebastian ist aufgewacht!", ruft sie enthusiastisch. Antoine freut sich über die Fröhlichkeit der kleinen Französin. Endlich strahlt sie wieder! Er hat von Anfang an, einen Narren an ihr gefressen.

Als würde sie sein kleines Mädchen sein. „Bitte ruf Andrew an. Er soll mich ins Krankenhaus fahren!", ruft sie Antoine zu, was dieser nur zu gerne macht.

Leise geht sie an Sebastians Koje heran, als fürchte sie, dass sie ihn doch noch in seiner nötigen Ruhe stören könnte. Es könnte ja sein… Neugierig guckt sie hinein. „Hallo, wer sind Sie?" Die diensthabende Schwester wendet sich fragend-misstrauisch an das junge Mädchen, das sich scheinbar leise und unerlaubt in die Koje hineinschleichen will. „Ich… möchte Sebastian besuchen. Er ist doch aufgewacht, oder nicht?" „Es dürfen nur Familienangehörige hinein." Michael hat Florence schon erspäht. Er kommt heraus und meint: „Lassen Sie die Dame hinein. Sie ist die Verlobte meines Bruders!" Florence errötet. Dass der Mann, der ihrem Liebsten so ähnlich sieht, vor ihr steht, macht sie verlegen. „Dann gehen Sie schon! Er scheint wieder eingeschlafen zu sein. Bitte seien Sie umsichtig!", mahnt die Schwester. Florence nickt. Wie, um nur ja nichts falsch zu machen, steigt sie vorsichtig auf. Die Schiebetür schließt sich automatisch hinter ihr. Sie sieht zum Bett.

Sebastian... „Hi, Florence! Ich freue mich, dass du gekommen bist!" Ihr Gesicht leuchtet auf. Der Monitor fängt an zu piepsen. Erschreckt legt sie die Hand vor den Mund. Was hat sie angestellt? „Komm her!" Seine Augen folgen permanent der schüchternen Gebärden der faszinierenden Frau. Schnell nimmt sie seine Hand entgegen, die schon wieder hinzufallen droht. Sie ist warm. Zittrig lächelnd setzt sie sich hin. Der Monitor scheint sich wieder stabilisiert zu haben. „Wie geht es dir Sebastian?" „Gut." Aber er ist noch schwach.

Sie guckt auf ihre beiden verschränkten Hände. Es gefällt ihr. Sie sieht auf. Sebastians Blick ist noch immer auf sie gerichtet. „Wenn ich draußen bin, haben wir das längst überfällige Date!", verspricht er. „Ja…!" Sie schweigen… auf eine gute Art… Sie hebt spontan seine Hand und gibt ihm einen kleinen Kuss darauf. Der Monitor fängt wieder an zu piepsen. Ihre Augen weiten sich. Was hat dieser Blechtrottel nur? Verärgert über diese Unterbrechung sieht sie wieder auf Sebastian. Er starrt sie an… „Gibst du mir einen Kuss auf den Mund?", wünscht er sich. Spontan steht sie auf. Ihr Mund legt sich weich auf seinen. Der Monitor spielt verrückt. „Was machst du nur mit mir?", flüstert er. „Was meinst du?" „Du… ich… bin total aufgeregt, wenn du mich küsst!", verrät er. Der Monitor ist noch immer nicht still. Sie sieht hoch. „Der Blechtrottel stört!" … und küsst ihn noch einmal… ganz zart. Seine Lippen folgen ihr ansatzweise, als sie sich zurückziehen will. Sein Druck auf ihre Hand wird kräftiger. Er will sie nicht gehen lassen.

„Fräulein Florence! Sie müssen gehen. Der Patient braucht seine Ruhe!" Florence seufzt in seinen Mund und schließt ergeben die Augen. Der Besuch ist zu kurz gewesen. Jetzt ist es gerade soo aufregend geworden! „Ich komme morgen wieder!" Er nickt schwach lächelnd. Seine Augen fallen erschöpft zu. Florence macht sich auf den Weg nach draußen, wo sie Michael in Empfang nimmt. „Sebastian ist aufgeregt, wie ein Schuljunge, wenn du ihn küsst!", schmunzelt er. Sein Bruder, der obercoolste Typ der Schule ist gezähmt? Er kann es nicht glauben. Aber Florence ist wirklich ein entzückendes Mädchen! Wenn sie lächelt, geht die Sonne auf!

Sebastian scheint endlich sein Glück gefunden zu haben! „Komm, wir fahren nach Hause. Heute ist Schluss bei Sebastian." Andrew hat vor dem Krankenhaus auf Florence gewartet und fährt nun die beiden nach Hause.

Irina, Jonas und Mike haben Stunden zugebracht, um eine Falle für den Übeltäter zu stellen. Sie haben keine brauchbaren Beweise für die Polizei und müssen sich eben darum bemühen. Zu dritt sitzen sie in Sebastians Büro und werten die Statistiken aus, die Irina am Computer erstellt hat. Alles deutet darauf hin, dass es nur der scheidende Finanzleiter Vogel sein kann. Es sind immer seine Zugangsdaten für die Freigabe einer Überweisung dabei. Die zweite Freigabe, die immer dafür notwendig ist, um eben Missbrauch vorzubeugen, ist stets abgewechselt worden. Sogar Sebastian wurde dazu missbraucht, ohne dass er es nur geahnt hätte. Er hat Vogel vertraut, bis jetzt…
„Wir müssen ihn dazu bringen, dass er eine Überweisung tätigt, die ihn überführt. Hast du eine Idee, wann die wieder sein kann?" Jonas ist müde. Die ganzen Statistiken und Auswertungen,

die Irina gemacht hat, sind verwirrend. Hauptsache sie kennt sich aus, denkt er sich. „Ich denke, dass er diese Woche eine machen wird wollen! Siehst du diese Kurve! Es kann gar nicht anders sein!" Jonas sieht gar nichts. Aber er vertraut Irina. „Wenn du es sagst…" Mike sieht ebenfalls ratlos auf die vermaledeite Kurve. Er ist schon lange auf Durchzug und hofft auf ein Läuten des Telefons, nur damit er eine Entschuldigung hat, dass er an die Arbeit muss. Aber das verdammte Telefon läutet heute nicht!

Dafür läutet das Handy von Jonas. „William!" „Chef! Vogler hier! Ich habe eine dringende Überweisung! Können Sie mir bitte die Freischaltdaten übermitteln?" Jonas setzt sich gerade auf. „Alles klar, Vogler!", sagt er nur und legt auf. Der Code kommt über ein SMS. Jonas starrt darauf. Was soll er jetzt tun? „Das war Vogler! Er will eine Überweisung machen!", erklärt er überflüssigerweise und überrumpelt. Irina und Mike haben sofort Bescheid gewusst, als der Name des Finanzleiters gefallen ist. Gebannt hören sie Jonas' Worte. „Was soll ich jetzt tun?" Jonas ist auf einmal ratlos. Guter Rat ist teuer.

„Gib ihm die Daten und rufe sofort die Bank an, damit die Überweisung nicht stattfindet. Du musst ja irgendwie eine Vollmacht dazu haben, oder nicht?", meint Irina. „Ja! Kommt!" Er geht in sein Büro hinüber und kramt in den Akten seiner gesperrten Schreibtischschublade. „Hier… der Zugangscode, um das Konto der Bank zu sperren!" „Na siehst du! …und jetzt gibt Vogler die Daten durch. Er schöpft sonst Verdacht!" Jonas nimmt sein Handy in die Hand und wählt die Finanzabteilung an. „Vogler! Ich leite ihnen das SMS weiter. Können Sie mir den Betrag und die Zustellungsadresse noch sagen?" Er lauscht und kritzelt etwas auf seinen Block. „Danke! Geht in Ordnung!" Seine Stimme bleibt neutral. „Er will dieses Mal wieder eine sechsstellige Summe überweisen! Scheiße… verdammte! Der Mann bekommt nicht genug!", verärgert wählt er die Bank an und spricht mit dem Geschäftsleiter, der ihm sofort eine Sperrung des Kontos zusichert, sobald eine Summe in dieser Größenordnung im Auftrag aufscheint. „Ruf die Polizei. Mehr Beweise gibt es nicht!", fordert Irina ihn auf, worauf Jonas noch einmal sein Handy in die Hand nimmt. Dann ruft er Carlos an. Er soll sich um die Polizei kümmern. „Wir müssen Charlie sagen, dass er Vogler nicht aus dem Haus gehen lassen darf. Sonst ist er weg, wenn er mitbekommt, dass seine Überweisung nicht angekommen ist!" Mike ist vorrausschauend. „Mike, gute Idee! Kannst du dich darum kümmern?" „Klar!"

„Du brauchst mich nicht mehr, nicht wahr?" Irina möchte mit der Polizei nichts zu tun haben und Jonas versteht sie sofort. „Bitte bleib in der Nähe. Vielleicht brauche ich dich noch!" „Klar! Ich bin bei Charlie! Sein Büro ist noch nicht fertig!" Sie winkt kurz und trollt sich. Jonas und Carlos übergeben den überführten Finanzleiter Vogler der Polizei. „Ich bin froh, dass wir das erledigt haben. Vielleicht ist Vogler auch an den Vergiftungen schuld?" Jedenfalls haben sie ihren Verdacht an Special Agent Gable weitergegeben. Er wird seine Ermittlungen dahingehend ausweiten, versichert Gable und führt den Verdächtigen in Handschellen ab.

„Was willst du?" „Scotch!" Jonas steht an der Bar und schenkt Carlos ein. Für sich das Gleiche. „Mike?" „Nein danke! Ich bin Antialkoholiker!", meint dieser fröhlich. Das Telefon läutet und Mike lässt die zwei Männer alleine ihren Scotch trinken. „Kommst du mit ins Krankenhaus? Sebastian ist wach." „Natürlich! Er wird sich freuen, dass die leidliche Angelegenheit vorerst vom Tisch ist!" Jonas lacht und klopft Carlos auf die Schulter. Gemeinsam gehen sie zu ihren Autos und fahren zum Krankenhaus. Auf der Intensiv müssen sie erfahren, dass der Patient auf die Normalstation verlegt worden ist. Sofort machen sie kehrt und suchen das Krankenzimmer auf. „Hey… welche Ehre! Mein Boss und mein Anwalt höchstpersönlich! Aber zu eurem Pech… ich lebe noch!", lacht Sebastian vorsichtig. Ganz so fit ist er dennoch nicht. Sie schlagen ihre Hände kumpelhaft ein. „Wir haben gute Nachrichten und schlechte Nachrichten für dich! Welche willst du zuerst?" Sebastian sieht sie argwöhnisch an. Was kommt jetzt noch? Er schweigt. „Na komm schon!" „Die schlechte Nachricht, dann kann ich mich nachher über die gute Nachricht freuen und mein Gesundheitszustand leidet nicht zu sehr!", meint der Patient. Jonas hebt an: „Der Finanzleiter ist gekündigt! Er hat die Überweisungen gemacht und uns schamlos ausgenommen!" „Stell dir vor, er hat heute tatsächlich eine Überweisung in sechsstelliger Höhe vorgenommen! Jonas hat die Bank sofort gesperrt!" „Ja, die Polizei hat ihn mitgenommen und ermittelt weiter wegen Mordversuch. Ich bin mir sicher, dass es Vogler war. Ob er einen Mittäter hat, wissen wir nicht." Die Nachrichten prasseln abwechselnd durch Jonas und Carlos auf Sebastian ein. Sein Hirn hat auf Durchlauf geschalten. Es ist zu viel an Informationen! Sein Schädel brummt. „Aufhören!", Sebastian hat genug. Die Stimmen seiner Freunde hämmern zu krass auf sein Hirn ein. Jonas und Carlos verstummen auf der Stelle. Sie sehen es ein, dass Sebastian noch nicht auf der Höhe ist. „Was ist die gute Nachricht?", meint der Patient schwach. „Irina ist unsere neue Finanzleiterin!" Sebastian lacht gequält auf. Auch das noch! Aber Jonas muss wissen, was er hier tut. „Sie ist wirklich gut!", verteidigt sich sein Freund. Aber Sebastian antwortet nicht. Er hat die Augen geschlossen und hofft, dass seine Freunde den Wink verstehen …und das haben sie.

Nach einer Woche darf Sebastian nach Hause. Michael und Emilie ziehen in sein Haus um und nehmen Florence gleich mit. Sie wollte partout nicht akzeptieren, dass der Bruder eine Krankenpflegerin für ihren Sebastian einstellt. Das kann sie auch machen und Jonas hat sie für die Dauer freigestellt. Zufrieden mit dem Arrangement, zieht sie bei Sebastian ein. Ihre Fröhlichkeit heitert Sebastian schnell auf und holt ihn sofort aus seinen beginnenden Depressionen zurück. Seine Genesung ist schreitet zügig voran und er überlegt, wie er Florence dazu bringen kann, dass sie für immer bei ihm wohnen bleibt.

Epilog

Sebastian geht es wieder sehr gut. Die Hochzeit seines Zwillingsbruders und Emilie rückt immer näher. Er hat Florence gefragt, ob sie ihn nach Österreich begleiten will. Zuerst hat sie gezaudert. Sie ist schon lange nicht mehr ohne ihre Gefährtinnen irgendwohin gegangen. Aber schlussendlich haben die Freundinnen sie überzeugt. „Du kommst ja wieder zurück nach Amerika! Jetzt sitzen sie im Flugzeug hoch über dem Atlantik. „Ich bin soo aufgeregt!" Sebastian lächelt und sieht auf ihrer beiden Hände, die eng miteinander verschlungen sind. Bald will er ihr einen Antrag machen. Vielleicht auf der Hochzeit seines Bruders?

„Erzähl mir von deiner Familie!", fordert sie ihn auf. Er lächelt in Gedanken. Er freut sich schon sehr darauf, seine Brüder und Schwestern zu sehen! Sie beobachtet ihn. Er muss seine Familie sehr lieben! „Da sind einmal meine Großeltern. Es sind noch alle da! Meine Eltern Noah und Sarah und mein Bruder Florian und unsere Zwillingsschwestern Laura und Luisa." „Das sind ja sehr viele!" „Ja… Wie sieht es bei dir aus?" Florence Gesicht verdunkelt sich. „Meine Eltern sind ums Leben gekommen, weil ein Raser sie angefahren hat und sie über die Kante gestoßen hat. Sie sind zweihundert Meter in die Tiefe gestürzt!" Ihr Gesicht erblasst. „Bist du deshalb in Komi gelandet?" Sie nickt. Ja… um zu vergessen… Er nimmt ihre Hand und küsst sie auf den Handrücken. „Aber das ist jetzt lange her.", meint sie zittrig. „Stürzen wir uns auf die Hochzeit! Das wird sicher lustig." Ihre Augen blitzen. Er lacht. Ja… sie werden viel Spaß haben!

Irina wird von Jonas offiziell als Abteilungsleiterin der Finanzen eingeführt. Insgesamt wird sie sehr freundlich aufgenommen. Dennoch hat sie anfangs nicht viel Zeit für ihre Mitarbeiter, denn Jonas ist ständig um sie, um sie mit ihren Aufgaben vertraut zu machen, bis sie ihn schroff dazu auffordert, dass er sich jetzt endlich um seinen eigenen Kram kümmern möge und sie in Ruhe ihre Arbeit machen ließe. Murrend ist er gegangen. Die Arbeit von Sebastian, der sich Auszeit gebeten hat, macht sich nicht von alleine. Unterstützung für den Schreibkram hat er in Cara. „Aber nur vorrübergehend, Jonas! Ich will viel lieber kochen!" Dennoch fühlt sie sich wohl in der Gegenwart des lustigen Mikes.

Das Flugzeug landet endlich mit enormer Verspätung auf dem Wiener Flughafen in Österreich. Die Großeltern Manuel und Jennifer Shiva holen sie ab. „Sebastian! Schön dich zu sehen!" Jennifer küsst ihn herzhaft und guckt neugierig zu dem süßen Mädchen neben ihm. „Grandma, das ist Florence! Meine Freundin!", stellt er sie stolz vor und legt ihr die Hand auf den unteren Rücken. Jennifer umarmt auch Florence. Das Mädchen ist entzückend. Sie scheint etwas schüchtern zu sein, aber das hat zum jetzigen Zeitpunkt nichts zu bedeuten. Manuels Umarmung lässt Florence aufjapsen. So viel Herzlichkeit! Sie strahlt. Die Shiva meinen die Sonne aufgehen zu sehen. Florence strahlt eine gewissen warme Magie aus. Jennifer ist hingerissen. Sie freut sich sehr für ihren Enkel. „Kommt! Steigt in den Wagen! Wir fahren nach Hause!", fordert Manuel alle auf. „Was gibt es Neues zu Hause?", fragt

Sebastian. „Florian hat schon wieder einen Neuen." Jennifer kichert. Sebastian schüttelt nur den Kopf. Florian ist schwul und wechselt ständig seine Liebhaber. Euer Dad hat die liebe Not mit Laura und Luisa!"; lacht Jennifer. Kein Wunder! Die beiden Mädels sind in einem Alter, wo das andere Geschlecht erst so richtig interessant wird!" Sebastian lacht. Er freut sich riesig auf Daheim! Florence ist daneben gesessen. Sie hat nichts verstanden. Sie kann kein Deutsch. Etwas gelangweilt legt sie den Kopf auf Sebastians Schulter. Er sieht zu ihr hinüber und könnte sich ohrfeigen! „Süße! Jetzt erzähle ich dir, was bei uns zu Hause los ist!" Er übersetzt ihr alles in ein Englisch, das sie gut versteht. Kichernd fragt sie immer wieder nach, wenn sie etwas nicht so gut versteht. Sebastian ist ein sehr guter Geschichtenerzähler …und er hat viele davon aus seiner Schulzeit mit seinen Brüdern.

Autorin

Die österreichische Autorin, Ingrid Seemann ist glücklich verheiratet und Mutter von zwei erwachsenen Kindern. Ihre Leidenschaften sind das Schreiben, das Lesen von Romanen mit Happy End und Sport als Ausgleich. Wenn sie nicht gerade vor ihrem Laptop sitzt, oder ein Buch liest, ist sie im Fitness Studio oder mit ihren Nordic Walking Stöcken unterwegs.

In diesem Roman habe ich immer wieder Bezug auf Sebastians und Michaels Vergangenheit genommen! Sebastians horrende Erlebnisse im russischen Urwald sind im „Küss den Tiger!" zu lesen. Michaels und Emilies tieftraurige Geschichte sind in „Es ist alles nur Show!" zu lesen. Die Abenteuer von Sebastian und Michael mit ihren Freunden sind die dritte Generation und umfasst fünf Teile als EBooks. Der sechste und letzte Teil ist als Bonus Geschichte im letzten Print Book

„Überleben Wildnis" und heißt „Paparazzi!".

Noch eine Bitte an meine treuen Leser und an neue Leser. Bitte schreibt Rezensionen. Wir Autoren leben davon! Wir brauchen die Meinungen von Euch, damit wir Euch mit dem nächsten Roman wieder ein gute Zeit bereiten können.

Instagram seei9564

Ein großes Dankeschön an alle meine treuen Fans!

Bisher erschienen

Die erste Generation:

Rock Me Sweetheart

Die russische Oligarchin

Der widerspenstige Russe

Die zweite Generation:

Sarah und Noah, Tanz für mich, Süße!

Die Trilogie

Die dritte Generation:

Die Holzfäller: Passt auf Sie auf!

Ich bin nicht schwul!

Das Schicksal schlägt zweimal zu:

Spiel mit mir!

Es ist alles nur Show!

Überleben Wildnis: Küss den Tiger!

Paparazzi! – Bonus!

Wer viel Erotik liebt, für den habe ich
noch: *Außerirdischen Gefühle*

Alexa hat jetzt eindeutig genug! Ihr schwirrt der Kopf. Ihr ist schwindelig. Der viele Alkohol bringt ihren Kreislauf durcheinander. Sie muss sich sofort hinsetzen, nachdem all die Gläser mit lautem Geklirre auf den Boden geknallt wurden. So eine Verschwendung! Aber es ist nicht ihr Schaden. Eigentlich macht es Spaß! Unkontrolliert giggelnd sitzt sie auf ihrem breiten, gut gepolsterten Hintern und sieht sich zufrieden um. Dabei wirft sie zum wiederholten Male einen Blick auf Mischa Warschenko. Mit arrogant hochgezogenen Augenbrauen begegnet er ihr unverhohlenes Starren. Sie lacht ihm übermütig zu. Sie winkt ihm sogar. Es geht ganz leicht. Eigentlich ist sie nicht so… sonst eher zurückhaltend…

vielleicht auch zu schüchtern zu solch auffälligen Getue. Aber der Vodka macht sie mutig, frei zu allen Schandtaten, die vielleicht noch kommen mögen.

Er sieht verdammt gut aus… ein gestandener Mann. Er müsste etwas älter sein als sie. Aber wirklich verboten gut aussehend! La… la… la… sie fühlt sich beschwipst. Mutig fixiert sie ihn weiterhin. Blaue Augen… Die Glut verbrennt sie beinahe… Er hat ein kantiges Gesicht. Seine Wangenknochen treten stark hervor und prägen sein herrisches Profil. Dreitage Bart… Wirklich aufregend der Mann… La… la… la… Er ist größer als sie, ist sie überzeugt. Was ja nicht so schwierig ist bei ihren ein Meter fünfundsechzig. Schwarze Haare… kurzgeschnitten… sie liebt Männer mit dunklen Haaren und blauen Augen. Es macht sie an. Nun lässt sie den Blick provozierend über seine Gestalt schweifen… muskulös… breiter Brustkorb… extrem breit… schmale Hüften… muskulöse Oberschenkel. Ihr Mund wird wässrig, als ihr Blick auf dem Schritt hängenbleibt. Die Beule ist unübersehbar… mannomann! Ihre Augen zucken ertappt in die Höhe. Der Mann macht sie wahnsinnig! Er sieht es ihr an, dass sie seinen Schwanz in der Hose begutachtet hat! Seine Augen fangen ihre ein und halten sie herrisch gefangen. Sie schmilzt dahin. Seine offensichtliche Dominanz imponiert ihr. Den Mund leicht geöffnet, schnappt sie nach frischem Sauerstoff. Das Blau seiner Augen wird dunkler. Es macht sie tierisch an. Scheiße… er steht auf und kommt auf sie zu. Sie leckt sich die, auf einmal trockenen Lippen und taxiert ihn noch einmal von oben bis unten. Instinktiv klammert sie sich an die Tischkante. Er kommt näher…

Mischa hat die provozierenden Blicke der Frau neben Jennifer mit Zufriedenheit über sich ergehen lassen. Er ist sich seiner Wirkung auf Frauen bewusst. Dennoch fragt er sich, was sie eigentlich von ihm will? Wer ist sie überhaupt? Er kennt sie nicht. „Wer ist diese Frau neben Jennifer?", fragt er seine Schwägerin Nikita. „Alexa? Sie ist die Cousine von Jennifer. Gefällt sie dir?" Er brummt nichtssagend und lehnt sich wieder zurück. Er beobachtet die Frau, während schon wieder ein Trinkspruch ausgerufen wird. Den Vodka trinkt er schon lange nicht mehr mit. Er kippt ihn jedes Mal unauffällig unter den Tisch. Er verträgt nicht so viel. Maxim meint, dass sein Onkel, bei zu vielen Gläsern Vodka, redselig wird und das kann er sich hier unter den Gästen, die nicht unbedingt seine Freunde sind, nicht leisten.

Der Kampf heute war längst überfällig. Mischas Neffe musste die Ehre seiner Frau verteidigen. Mit seiner kompetenten Unterstützung hat er auch gewonnen. Das macht ihn sehr stolz. Verlieren war keine Alternative. Jetzt hat Vladimir, sein geschätzter Bruder, seine Freunde zu einem Umtrunk eingeladen. Er wartet, dass er sich endlich entfernen kann. Der Anblick Jennifers tut ihm weh. Er liebt sie noch immer. Aber sie ist schon längst vergeben. Er hatte nie eine Chance. Aber er hat alles für sie getan. Sogar einen Mord…

Sein Blick fällt wieder auf die Unbekannte. Sie fasziniert ihn. Sie starrt ihn ständig an… Er schaut sie sich genauer an… eigentlich ist sie ganz hübsch… mollig… große Brüste. Am liebsten würde er sie abwägen… Sie sehen in dem straff anliegenden Shirt wirklich großartig aus. Ihre Haarfarbe ist blond. Ihre großen, braunen, glänzende Augen erinnern ihn an Jennifer. Alexa ist betrunken. Sie hat sicher den ganzen Vodka mitgetrunken, der ausgeschenkt wurde. Etwas abschätzig mustert er sie. Betrunkene Frauen sind nicht so seins. Sie wissen nicht was sie tun und tun es bestenfalls schlecht. Aber dennoch hat sie was…

Sie checkt ihn noch immer ab. Ihre Augen bleiben auf seinem Schritt hängen. Das ist sein Signal… Die Frau will etwas von ihm… Sie leckt sich die Lippen… Seine Gedanken drehen sich mittlerweile nur um das eine… ob er ihr das Haus zeigen soll? Kurz entschlossen steht er auf und geht zu ihr. „Schöne Frau!" Sie sieht ihn mit verklärten Augen kichernd an… jetzt doch etwas unsicher. „Hi!", japst sie, als hätte sie ihn nicht erwartet. Er beugt sich zu ihr hinunter und flüstert ihr ins Ohr. „Darf ich dir das Haus zeigen?" Gänsehaut überzieht ihren Hals. Erschreckt… oder erstaunt, sieht sie ihn an. Er wartet nicht lange… und… sie nickt. Sie hat große Lust das Haus anzusehen und noch viel mehr! Sie ergreift seine ausgestreckte Hand und er zieht sie hoch. Zitternd und unsicher steht sie vor ihm und sieht ihn beinahe unschuldig an. Meine Fresse…

Mischa macht kurzen Prozess. Er zieht sie ohne Worte in die Höhe, weg von den vielen Menschen. Ihr Alkoholspiegel ist um ein weiteres Glas Vodka gestiegen. Sie schwebt und hat große Lust auf den Kerl vor ihr, der sie mit langen geschmeidigen Schritten mit sich zieht. Sie dreht sich kein weiteres Mal um. Braucht sie nicht… sie ist schon ein großes Mädchen! La… la… la… Ohne auf die erstaunten Gesichter der Verwandten zurückzuschauen, ist Alexa weg. Sie hofft nur, dass sie auf sie warten, bevor sie nach Hause fahren! Hand in Hand gehen sie durch das Haus. Das heißt, sie schwankt und stolpert hinter ihm einher und er geht gerade aus, mit einem bestimmten Ziel, das nur er kennt. Mischa schleppt sie regelrecht ab. „Ich zeige dir mein Zimmer! Bist du damit einverstanden?" Mischa sieht sie frontal, scheinbar gleichgültig, an. Sie nickt benommen. Das Tempo ist horrend. Ihre Beine gebärden sich wie Wackelpudding… Aber seine Augen! Blau… diese Glut… sie stolpert. Er fängt

sie gerade noch auf. „Hoppla! Vorsicht!"
Alexa grinst entschuldigend. Kurzerhand
hebt er sie in seine kräftigen Arme und
trägt sie hinauf. Sie legt glückselig ihren
schwindelnden Kopf auf seine warme
Brust und inhaliert den berauschenden
Duft des Mannes.

Oben angekommen drückt Mischa, mit
dem schweren Körper im Arm, die Tür
auf und stößt sie schwungvoll, mit einem
Knall, wieder hinter sich zu. Er stellt sie
auf den Boden ab. Unsicher lugt sie zu
ihm auf. Ihre Mundwinkel heben sich
dümmlich grinsend und sie starren sich
einen gefühlten langen Moment an, bis er
sich in Bewegung setzt und sie dazu
zwingt, einen Schritt nach dem anderen
zurückzusetzen. Dabei schwankt sie
gefährlich. Ihre Beine berühren die
Matratze seines Bettes. Stocksteif steht
sie da und fragt sich, wie es nun weiter
geht.

Alexa hat jetzt eindeutig genug! Ihr
schwirrt der Kopf. Ihr ist schwindelig.
Der viele Alkohol bringt ihren Kreislauf
durcheinander. Sie muss sich sofort
hinsetzen, nachdem all die Gläser mit
lautem Geklirre auf den Boden geknallt

wurden. So eine Verschwendung! Aber es ist nicht ihr Schaden. Eigentlich macht es Spaß! Unkontrolliert giggelnd sitzt sie auf ihrem breiten, gut gepolsterten Hintern und sieht sich zufrieden um. Dabei wirft sie zum wiederholten Male einen Blick auf Mischa Warschenko. Mit arrogant hochgezogenen Augenbrauen begegnet er ihr unverhohlenes Starren. Sie lacht ihm übermütig zu. Sie winkt ihm sogar. Es geht ganz leicht. Eigentlich ist sie nicht so… sonst eher zurückhaltend… vielleicht auch zu schüchtern zu solch auffälligen Getue. Aber der Vodka macht sie mutig, frei zu allen Schandtaten, die vielleicht noch kommen mögen.

Er sieht verdammt gut aus… ein gestandener Mann. Er müsste etwas älter sein als sie. Aber wirklich verboten gut aussehend! La… la… la… sie fühlt sich beschwipst. Mutig fixiert sie ihn weiterhin. Blaue Augen… Die Glut verbrennt sie beinahe... Er hat ein kantiges Gesicht. Seine Wangenknochen treten stark hervor und prägen sein herrisches Profil. Dreitage Bart… Wirklich aufregend der Mann… La… la… la… Er ist größer als sie, ist sie überzeugt. Was ja nicht so schwierig ist bei ihren ein Meter fünfundsechzig. Schwarze Haare… kurzgeschnitten… sie liebt Männer mit dunklen Haaren und blauen Augen. Es macht sie an. Nun lässt sie den Blick provozierend über seine Gestalt schweifen… muskulös… breiter Brustkorb… extrem breit… schmale Hüften… muskulöse Oberschenkel. Ihr Mund wird wässrig, als ihr Blick auf dem Schritt hängenbleibt. Die Beule ist unübersehbar… mannomann!

Ihre Augen zucken ertappt in die Höhe. Der Mann macht sie wahnsinnig! Er sieht es ihr an, dass sie seinen Schwanz in der Hose begutachtet hat! Seine Augen fangen ihre ein und halten sie herrisch gefangen. Sie schmilzt dahin. Seine offensichtliche Dominanz imponiert ihr. Den Mund leicht geöffnet, schnappt sie nach frischem Sauerstoff. Das Blau seiner Augen wird dunkler. Es macht sie tierisch an. Scheiße… er steht auf und kommt auf sie zu. Sie leckt sich die, auf einmal trockenen Lippen und taxiert ihn noch einmal von oben bis unten. Instinktiv klammert sie sich an die Tischkante. Er kommt näher…

Mischa hat die provozierenden Blicke der Frau neben Jennifer mit Zufriedenheit über sich ergehen lassen. Er ist sich seiner Wirkung auf Frauen bewusst. Dennoch fragt er sich, was sie eigentlich von ihm will? Wer ist sie überhaupt? Er kennt sie nicht. „Wer ist diese Frau neben Jennifer?", fragt er seine Schwägerin Nikita. „Alexa? Sie ist die Cousine von Jennifer. Gefällt sie dir?" Er brummt nichtssagend und lehnt sich wieder zurück. Er beobachtet die Frau, während schon wieder ein Trinkspruch ausgerufen wird.

Den Vodka trinkt er schon lange nicht mehr mit. Er kippt ihn jedes Mal unauffällig unter den Tisch. Er verträgt nicht so viel. Maxim meint, dass sein Onkel, bei zu vielen Gläsern Vodka, redselig wird und das kann er sich hier unter den Gästen, die nicht unbedingt seine Freunde sind, nicht leisten.

Der Kampf heute war längst überfällig. Mischas Neffe musste die Ehre seiner Frau verteidigen. Mit seiner kompetenten Unterstützung hat er auch gewonnen. Das macht ihn sehr stolz. Verlieren war keine Alternative. Jetzt hat Vladimir, sein geschätzter Bruder, seine Freunde zu einem Umtrunk eingeladen. Er wartet, dass er sich endlich entfernen kann.

Der Anblick Jennifers tut ihm weh. Er liebt sie noch immer. Aber sie ist schon längst vergeben. Er hatte nie eine Chance. Aber er hat alles für sie getan. Sogar einen Mord…

Sein Blick fällt wieder auf die Unbekannte. Sie fasziniert ihn. Sie starrt ihn ständig an… Er schaut sie sich genauer an… eigentlich ist sie ganz hübsch… mollig… große Brüste. Am liebsten würde er sie abwägen… Sie sehen in dem straff anliegenden Shirt wirklich großartig aus. Ihre Haarfarbe ist blond. Ihre großen, braunen, glänzende Augen erinnern ihn an Jennifer.

Alexa ist betrunken. Sie hat sicher den ganzen Vodka mitgetrunken, der ausgeschenkt wurde. Etwas abschätzig mustert er sie. Betrunkene Frauen sind nicht so seins. Sie wissen nicht was sie tun und tun es bestenfalls schlecht. Aber dennoch hat sie was…

Sie checkt ihn noch immer ab. Ihre Augen bleiben auf seinem Schritt hängen. Das ist sein Signal… Die Frau will etwas von ihm… Sie leckt sich die Lippen… Seine Gedanken drehen sich mittlerweile nur um das eine… ob er ihr das Haus zeigen soll?

Kurz entschlossen steht er auf und geht zu ihr. „Schöne Frau!" Sie sieht ihn mit verklärten Augen kichernd an… jetzt doch etwas unsicher. „Hi!", japst sie, als hätte sie ihn nicht erwartet. Er beugt sich zu ihr hinunter und flüstert ihr ins Ohr. „Darf ich dir das Haus zeigen?" Gänsehaut überzieht ihren Hals. Erschreckt… oder erstaunt, sieht sie ihn an. Er wartet nicht lange… und… sie nickt. Sie hat große Lust das Haus anzusehen und noch viel mehr! Sie ergreift seine ausgestreckte Hand und er zieht sie hoch. Zitternd und unsicher steht sie vor ihm und sieht ihn beinahe unschuldig an. Meine Fresse…

Mischa macht kurzen Prozess. Er zieht sie ohne Worte in die Höhe, weg von den vielen Menschen. Ihr Alkoholspiegel ist um ein weiteres Glas Vodka gestiegen. Sie schwebt und hat große Lust auf den Kerl vor ihr, der sie mit langen geschmeidigen Schritten mit sich zieht. Sie dreht sich kein weiteres Mal um.

Braucht sie nicht... sie ist schon ein großes Mädchen! La... la... la...

Ohne auf die erstaunten Gesichter der Verwandten zurückzuschauen, ist Alexa weg. Sie hofft nur, dass sie auf sie warten, bevor sie nach Hause fahren! Hand in Hand gehen sie durch das Haus. Das heißt, sie schwankt und stolpert hinter ihm einher und er geht gerade aus, mit einem bestimmten Ziel, das nur er kennt. Mischa schleppt sie regelrecht ab.

„Ich zeige dir mein Zimmer! Bist du damit einverstanden?" Mischa sieht sie frontal, scheinbar gleichgültig, an. Sie nickt benommen. Das Tempo ist horrend. Ihre Beine gebärden sich wie Wackelpudding... Aber seine Augen! Blau... diese Glut... sie stolpert. Er fängt sie gerade noch auf. „Hoppla! Vorsicht!" Alexa grinst entschuldigend. Kurzerhand hebt er sie in seine kräftigen Arme und trägt sie hinauf. Sie legt glückselig ihren schwindelnden Kopf auf seine warme Brust und inhaliert den berauschenden Duft des Mannes.

Oben angekommen drückt Mischa, mit dem schweren Körper im Arm, die Tür auf und stößt sie schwungvoll, mit einem

Knall, wieder hinter sich zu. Er stellt sie auf den Boden ab. Unsicher lugt sie zu ihm auf. Ihre Mundwinkel heben sich dümmlich grinsend und sie starren sich einen gefühlten langen Moment an, bis er sich in Bewegung setzt und sie dazu zwingt, einen Schritt nach dem anderen zurückzusetzen. Dabei schwankt sie gefährlich. Ihre Beine berühren die Matratze seines Bettes. Stocksteif steht sie da und fragt sich, wie es nun weiter geht.

Mischa verschränkt die Arme vor sich, wobei seine Bizepse dicker und dicker sich hervorheben. Er sieht sie auffordernd an. Ihre Augen werden dabei größer und größer und sie leckt sich einmal lechzend über die Lippen. Unsicher was sie jetzt tun soll, gibt sie sich einen Ruck und geht vor ihm auf die Knie, die automatisch unter ihr nachgeben. Laut seufzend, mit der Zunge zwischen den Lippen macht sie sich zittrig an seiner Hose zu schaffen. Konzentriert greift sie nach seinem Reißverschluss. Ungeschickt nestelt sie daran. Er ist gespannt, wie lange es dauert, bis sie es schafft, den Zip hinunter zu ziehen und somit seinen Schwanz aus der Hose zu holen. Seiner Meinung nach, scheint sie mehr als ungeschickt zu sein. Ihre Hände sind fahrig. Anscheinend ist sie schlichtweg zu betrunken, um so etwas Einfaches durchführen zu können.

Zum äußersten genervt schlägt er die Augen in die Höhe, weil es für ihn eindeutig zu lange dauert. Sein Penis ist erschlafft. Er sieht hinunter. Ihre Zunge steckt noch immer zwischen den Lippen. Eigentlich sieht sie niedlich aus, denkt er sich. Dann hört er es. „Ich kann das… ich kann das…!" Hat sie das wirklich gesagt? Der Reißverschluss klemmt. Sie hat es geschafft, dass der Stoff sich in den Metallzähnen verheddert hat. Seine Geduld ist am Ende und er schlägt ihre Hände zur Seite und bringt es zu einem Ende. Er zieht seine endgültig offene Hose bis zu seinen Knien hinunter und drückt ihr seinen müden Penis an ihre Lippen, die sie, Gott sei es gedankt, sofort öffnet.